어떻게 먹고살 것인가

어떻게 먹고살 것인가

1판 1쇄 인쇄 2021. 7. 7.
1판 1쇄 발행 2021. 7. 14.

지은이 황교익

발행인 고세규
편집 고정용 디자인 정윤수 마케팅 신일희 홍보 반재서
일러스트 임종운
발행처 김영사
등록 1979년 5월 17일(제406-2003-036호)
주소 경기도 파주시 문발로 197(문발동) 우편번호 10881
전화 마케팅부 031)955-3100, 편집부 031)955-3200, 팩스 031)955-3111

값은 뒤표지에 있습니다.
ISBN 978-89-349-8706-2 03810

홈페이지 www.gimmyoung.com   블로그 blog.naver.com/gybook
인스타그램 instagram.com/gimmyoung   이메일 bestbook@gimmyoung.com

좋은 독자가 좋은 책을 만듭니다.
김영사는 독자 여러분의 의견에 항상 귀 기울이고 있습니다.

어떻게 먹고 살 것인가

황교익
지음

황교익의
일과 인생을
건너가는 법

김영사

차
례

책을 쓰기 시작하며 _____ 8

1장 누구든 거지가 될 수 있다

내가 원했던 나는 아니다 _____ 15

막걸리를 먹고 태어나다 _____ 18

거지가 공포의 존재인 이유 _____ 21

거지가 되지 않으려면 _____ 25

받아쓰기 빵점을 받은 찌질이 _____ 29

공부를 하지 않고 성적이 오르다 _____ 33

수재는 따로 있다 _____ 37

글쟁이의 재능이 내게는 없었다 _____ 40

죽을힘을 다해 달리다 _____ 43

2장 그때 세상 사는 법을 다 배웠다

대한민국 거의 모든 어머니의 꿈 _____ 49

부모가 반대하면 그 길이 맞다. 그 길로 가라고? ___ 52

나도 부모이다 _____ 56

손을 놓아라 _____ 59

선친의 사업이 망했다 _____ 64

내게 뉴저널리즘이 다가왔다 _____ 67

무대 공포와의 싸움 _____ 71

자의식 과잉 _____ 75

나를 억지로 밀어 넣다 _____ 80

3장 맛칼럼니스트의 탄생

교과서에 답이 있다 _____ 86

좋은 문장 _____ 89

국어사전과 맥락적 사고 _____ 93

참 좋았던 농민신문사 _____ 99

교열기자에서 취재기자로 _____ 101

한국의 '먹방'을 일본에서 미리 보다 _____ 106

왜 주어진 일만 하지 않았는가 _____ 112

마빈 해리스 선생을 만나다 _____ 115

"내게 네 페이지를 주세요" _____ 120

카메라를 들게 된 이유 _____ 123

요리를 머리에 그리다 _____ 127

맛칼럼니스트라는 이름을 달다 _____ 133

4장 손을 놓았다. 깨지고 휘둘렸다

허영만 화백과의 만남 _____ 139

나이 마흔, 농민신문사를 나오다 _____ 142

사업은 내게 맞지 않아 _____ 145

돈 안 되는 일, 아무도 알아주지 않는 일 _____ 151

최종에는 자존심이 먹여 살린다 _____ 156

'나'를 지키기 위해 연재를 끊다 _____ 162

좋은 게 좋은 것이 아니다 _____ 165

어려워도 처음 하는 일은 의미가 있다 _____ 171

5장 '까칠한 황교익'의 탄생과 그 그림자

존재보다는 '존재 이유' _____ 177

황교익의 존재 이유 _____ 180

모두가 진다고 한 천일염 전쟁 _____ 183

거절하지 못했던 수요미식회 _____ 190

문재인 지지라는 수렁 _____ 198

여전히 까칠할 것이다 _____ 203

세상은 공정하지 않다 _____ 207

바다로 간 이끼 _____ 214

황교익의 행복의 기술 1 **욕망의 통제** _____ 217

황교익의 행복의 기술 2 **자유와 복종** _____ 220

황교익의 관계의 기술 1 **상처와 바람** _____ 224

황교익의 관계의 기술 2 **아군이 열이면 적군도 열이다** ___ 229

황교익의 관계의 기술 3 **상처를 치유하는 자신과의 대화** ___ 232

어떻게 먹고살 것인지에 대한 정리 답안 _____ 236

에필로그: 어떻게든 먹고는 산다 _____ 242

책을
쓰기
시작하며

나는 세속적인 인간이다. 물적 토대에 따라 인간의 정신 세계가 달리 구축된다고 믿는 유물론자이다. '인간은 왜 사는가' 같은 존재론적 사색은 어쩌다가 해도 내 삶에서는 그다지 중요하지 않다. 그렇다고 존재론적 사색을 하는 종교인, 철학자, 예술가 등의 삶을 가벼이 보지는 않는다. 그들의 삶과 말에서 위로와 지혜를 얻는다. 다만, '어떻게 먹고살까' 하는 세속적 사색, 아니 세속적 걱정만으로도 내 삶은 벅차다. 이런 나의 삶이 여러분의 삶과 크게 다르지 않을 것이라고 생각한다.

역사책에서 발견되는 위대한 인물은 '어떻게 먹고살까' 같은 세속적 걱정 따위는 하지 않은 것처럼 보인다. 편집된 것이다. 그들도 생계를 유지해야 했고, 따라서 세속적 걱정을 했다. 세속적 걱정은 일상이고, 일상은 대체로 역사에 기록되지 않는다. 우주 운행 질서를 탐구하고 인간 윤리 체계를 사색하면서 '오늘 아침에 먹을 밥이 없다'며 세속적 걱정을 기록하는 것은 격이 맞지 않다고 생각했을 뿐이다.

강연을 다니며 젊은이들과 접촉하는 일이 잦다. 그들과 말을 나누는 중에 내 말들이 공중에 붕붕 떠다니고 있음을 느낀다. 이미 사회적 자산을 한 아름 지니고 있는 나의 말을 빈손밖에 없는 그들의 머리에 안착시키는 것은 아스팔트에다 모를 내는 것만큼 어렵다. 나 역시 그 나이에 그랬다. 명사의 인생사 강연은 조회 시간 교장 선생님의 훈화만큼 지루했다. 속으로 이랬다. '저희는 사정이 달라요. 지겨워요.'

지루해하는 젊은이들에게 되물었다. 내게 궁금한 것이 무엇이냐고. 가장 많이 들었던 질문은 "어떻게 맛칼럼니스트가 되었어요?"였다. 이 질문의 의도는 분명했다. "어떻게 하면 당신처럼 맛칼럼니스트 같은 직업을 가지고 먹고살 수 있을까요. 그 방법을 알려주세요." 이 세속적 질문에 적합한 대답을 그 자리에서 당장에 들려주는 일은 쉽지 않았다. 긴긴 이야기를 해야 하기 때문이다.

"어떻게 맛칼럼니스트가 되었어요?" 하는 질문에는 '나도 맛칼럼니스트가 될래요' 하는 의지까지 담겨 있지 않다. 물론 극히 일부의 젊은이가 맛칼럼니스트가 꿈이라고 말하기도 하지만, 대부분은 어떻게 맛칼럼니스트 같은 '다소 특별난 자유 직업'을 가지고 먹고살게 되었는지 궁금해한다. 그러니 내 대답은 내가 맛칼럼니스트로 성장하는 과정의 특수성에다 나처럼 자유 직업을 가지고 사는 이들에게서 발견되는 보편성이 보태어져야만 한다.

강연장에서 나는 "어떻게 맛칼럼니스트가 되었어요?"라는 질문에 대충 대답을 한 적이 없다. 열심히 설명했다. 그러나, 늘 찜찜했다. 완결된 대답이 아니기 때문이다. 대답에 할애할 수 있는 시간이 매우 짧기도 하지만 내 삶의 동력을 '맛칼럼니스트 되기'에 집중하게 했던 내 욕망을 직시하는 작업을 따로 한 적이 없어 스스로 만족해하는 대답을 내놓을 수가 없었다.

나의 특수한 삶이 보편성을 확보하려면 나에게서 나를 떨어뜨려놓아야 한다. 그런데, 내가 나를 객관적으로 보는 일이 가능한 일이라고 나는 생각하지 않는다. 내 머릿속의 나는 나의 욕망과 의지에 의해 편집된 나일 뿐이다. 나를 편집하려는 나와 맞서 싸우는 일까지 해야 조금이나마 보편성을 확보할 수 있을 것인데, 내 신경줄이 그만큼 강한지 판단이 서지 않는다.

그럼에도 일단 시도해보기로 했다. "어떻게 맛칼럼니스트가 되었어요?" 하고 묻는 젊은이들에게 충실한 대답을 해주어야겠다는 의무감에 더하여 나도 나 자신을 자세히 들여다보아야겠기 때문이다. 이제 곧 나이 육십이고, "너 자신을 알라"는 테스 형의 질타에 고개를 끄덕이고 있을 수만은 없다.

이 책의 서술 방식은 내 삶의 연대기에 맞추어져 있다. 내 삶에 수많은 사건이 존재하나 '어떻게 먹고살까' 하는 세속적 고민을 불러일으키고, 또 먹고살기 위해 발버둥질을 했던 사건들로 편집될 것이다. 내 삶을 미화할 생각은 없다. 그럼에도 내 무의식이 왜곡해놓은 기억이 있을 것임은 분명하다. 이 책에서 읽어야 할 것은, 황교익이 어떻게 먹고살았는지 확인하는 것이며, 또 이 책에서 얻어야 할 것은, 황교익의 구질구질한 삶의 방식에서 작은 보편성이라도 발견하는 것이다.

어떻게 먹고살지 고민하는 젊은이들에게 도움이 되었으면 좋겠다는 생각으로 집필을 시도하지만, 세상의 모든 일이 그러하듯 성공 여부는 장담할 수 없다. 나는 쓰고, 내 의도의 성공 여부는 이 책을 읽는 여러분이 판단할 일이다. 나는 나에게 주어진 일을 하겠다.

1장
누구든 거지가
될 수 있다

"인간 자존은 각자 자기한테 주어진 삶을 긍정하는 것에서부터 얻어지며,
그 자존이 없으면 인생은 세상의 바람에 흔들리다가 누구의 삶을 살았는
지도 모른 채 끝난다."

내가 원했던 나는 아니다

나는 대한민국을 선택해서 태어나지 않았다. 내 가족을 선택한 적도 없고, 태어난 시기도 내가 정한 것이 아니다. 어쩌다가 1962년 대한민국이라는 나라에 노동자 집안의 셋째 아들로 태어났다. 독자 여러분의 사정도 나와 똑같다. 지구상의 모든 인간은 인생의 시작점을 스스로 선택한 바가 없다.

살다가 힘이 들면 이런 생각을 한다.

"한국에 태어나지 않았더라면."

"이 집안이 아니었더라면."

나도 그랬다. 그래 봤자 아무 소용이 없음에도 괜히 엉뚱한 상상을 한다. 내가 선택한 바도 없으니 후회가 아니다. 부모에 대한 책망도 아니다. 부모도 그때의 대한민국을 원한 것이 아니다. 그들도 어쩌다가 그때 이 땅에 태어났을 뿐이다.

한국에 태어나지 않았더라면, 어디가 좋을까. 유럽이나 미국을 꿈꾸는가. 그들 나라의 부자 부모 밑에서 태어났으면 얼마나 행복했겠는가. 패리스 힐튼처럼 평생을 자기

하고 싶은 대로 살면 얼마나 좋겠는가. 선택할 수 없는 것이니, 어쩌다가 아프리카에 태어날 수도 있다. 부족 전쟁으로 마을이 불타고 굶주림에 바짝 마른 어미의 빈 젖꼭지를 빨고 있는 어린 여러분을 상상하는 것은 또 어떤가.

인간은 불공정하게 태어난다. 거지인 줄 알았는데 나중에 알고 보니 왕자였다는 동화는 우리의 현실이 아니다. 거지 집안에서 태어나면 거지이고, 재벌 집안에서 태어나면 재벌이다. 모든 인생은 불공정한 상태에서 시작한다. 이를 바꾸거나 뒤집을 수는 없다. 그러니 받아들여야 한다. '이건 내 인생이야' 하고 받아들여야 한다. 자존은 자기한테 주어진 인생의 시작점을 인정하는 데서 비롯한다.

나는 강연 중에 청중에게 '상놈 선언'을 해보자는 제안을 한다. "여러분 중에 우리 집안은 양반이 아니라고 생각하는 분은 손을 들어보세요." 아무도 손을 들지 않는다. 한국은 아직 양반이어야 대접받는 사회라고 여긴다.

"양반은 지배 계급이니 소수입니다. 조선 초에는 인구의 5% 정도가 양반이었어요. 그 아래는 다 상민이지요. 조선 말에 신분제가 폐지되면서 다들 양반이라고 여기게 되었어요. 그러니 조선 초의 기준으로 보자면 여기에 있는 분들의 90% 이상은 양반이 아니지요. 지금은 신분제 사회가 아니잖아요. 양반 출신 아니면 어때요. 미국은 노예 집안 출신인 오바마가 대통령도 했어요. 자, 우리, 상놈 선언을 해봅니다. 제가 선창하겠습니다. 우리는 상놈이다." 100명 중에 한두 명 따라 한다.

지구상의 모든 인간은 자신의 의지와 관계없이 삶의 시작점을 가지게 되었다. 그러니 그 시작점을 부끄러워할 것도 없고 핸디캡으로 여길 것도 아니다. 누구든 내가 원하지 않았던 나로 시작하는 삶이다. 자신에게 주어진 삶의 조건에 만족도 불만도 가질 것이 아니다. 숨길 것도 자랑할 것도 아니다. 무덤덤하게 받아들이면 된다. 인간 자존은 각자 자기한테 주어진 삶을 긍정하는 것에서부터 얻어지며, 그 자존이 없으면 인생은 세상의 바람에 흔들리다가 누구의 삶을 살았는지도 모른 채 끝난다. 여러분의 아비와 어미는 누구이고, 여러분은 또 누구인가.

막걸리를 먹고 태어나다

한국전쟁은 처참했다. 100만 명이 넘게 죽었고 산업시설과 주택이 대부분 파괴되었다. 대한민국은 세계 최빈국으로 추락했다.

"월 1만 원. 당신의 소중한 성금으로 한 아이의 생명을 살릴 수 있습니다."

아프리카 난민 구호 모금 영상에서 배고파 우는 맨발의 아이들을 보며 어머니는 이렇게 말했다.

"우리가 저랬어."

한국전쟁이 끝나고 9년이 지난 1962년 나는 지금의 아프리카보다 조금은 나았을 것으로 추측되는 가난한 대한민국에서 태어났다.

"쟈는 배 속에서 막걸리 먹었다."

어버이는 가난했다. 선친은 한국전쟁에 참전하여 낙동강에서 압록강까지 진격했던 용사이다. 1·4후퇴 때에 몇 달간 실종이 되었는데, 그때의 일을 선친에게서 들은 적이 없다. 견딜 수 없는 고통은 회피한다. 선친은 전쟁이 끝나고 결혼을 하여 내 위로 형 둘을 두었다. 선친이 노동자였을 때에 어머니는 집에서 부업으로 막걸리를 팔았다. 주전자를 가져가면 막걸리를 담아주는 가게였다. 어머니가 나를 배에 넣고 있을 때 하루 한 끼 먹는 것도 힘들었다. 그래서 팔고 남은 막걸리를 드셨다. 내가 어머니 앞에서 술을 마실 때면, 내가 술을 좋아하는 것은 배 속에서부터 막걸리를 먹었기 때문이라고 말씀하신다. 그 말을 하도 들어 나도 그리 여긴다. 내 핏줄에는 막걸리가 돌고 있다. 가난하여 밥 대신에 먹었던 막걸리가 내 피에 섞이어 돌고 있다.

선친은 일본어에 능했다. 일제강점기에 조부모가 돈 벌러 일본에 갔고 선친은 청소년기를 일본에서 보냈다. 조부모가 일본에서 한 일은 담배 제조 가내 수공업이었다. 온 가족이 담배를 말고 침을 발라 붙였다. 선친은 기술학교에 다녔다. '일본어를 할 줄 아는 기술자.' 선친이 밥을 벌 수 있는 가장 큰 무기가 그때 주어졌다.

조부모는 해방과 함께 한국에 돌아와 경남 진해에 자리를 잡았다. 큰집이 지금도 진해에 있다. 내가 태어나 백일 되던 날에 우리 가족은 경남 마산으로 이주했다. 마산은 일제강점기 산업기지였다. 바닷가에 주물공장과 유리

공장들이 있었다. 그 뒤로 공작기계 공장이 있었다. 해방이 되면서 공장과 기계가 적산으로 남았다. 기술자가 필요했고 선친이 적합했다.

1965년 한국과 일본이 국교를 맺으면서 선친은 더욱 적합한 일꾼이 되었다. 일본은 일제강점에 대한 보상으로 한국에 차관을 제공했다. 일본은 차관의 용처를 한정했는데, 이런 식이었다. '이 차관은 제철공장 건설에 쓰는데, 제철기계는 일본 어느 회사의 것을 쓴다.' 일본에서 가져오지 못하는 것은 국내에서 만들었다. 일본어로 된 도면이 오면 이를 읽고 기계를 제작할 사람이 필요했다. 일본어를 하는 기술자인 선친은 실력을 인정받아 월급쟁이 사장까지 하다가 마침내 공장을 인수하여 직접 경영을 했다. 살림이 넉넉해졌다. 내 유년기의 일이다.

사과 궤짝에 밥그릇과 수저 두 벌이 신혼살림의 전부였던 어버이는 시절을 잘 만나 잠시 조금 넉넉하게 돈을 벌었고, 또 오래지 않아 시절을 잘못 만나 전 재산을 말아먹었다. 어머니는 넉넉했던 잠시의 시절을 자주 추억했고, 선친은 어머니의 추억을 외면했다. 예전에는 누구네 집에든 금송아지가 있었다. 재벌급의 재산을 가진 부자가 아니면 가난은 누구네 집에든 불쑥 들어와 주인 노릇을 하려 든다. 가난은 원래 주어진 삶이고 잠시 넉넉한 것은 운이라고 생각하는 게 자본주의 사회를 살아가는 노동자의 바른 자세일 수 있다.

거지가 공포의 존재인 이유

내 유년기의 집은 아늑하였다. 선친의 벌이가 괜찮았던 시기였다. 철문을 열면 시멘트가 발린 마당이 있고 오른쪽에 화단도 있었다. 채송화며 장미가 피었다. 문 왼쪽에는 개집이 있었다. 도사견을 키웠다. 몸이 송아지만 했고 컹컹 짖으면 마산 시내 전체가 울렸다. 마당은 낮았고, 툇돌을 딛고 올라선 후 유리가 끼워진 현관문을 열면 넓은 나무 마루가 있고, 정면에 안방, 왼쪽에 부엌방, 오른쪽에 건넌방이 있었다. 어린 나에게는 어느 방이든 내 방이었다. 엄마보다는 형들과 자는 게 좋았다.

밥때가 지나면 문 두드리는 소리가 났다.

탕탕탕.

"밥 좀 주소."

하루에도 몇 차례씩 거지가 찾아왔다. 그러면 어머니가 부엌에서 주섬주섬 음식물을 담아 문을 빼꼼 열고 그릇을 내밀었다. 어린 나는 아직 그들의 존재를 구체적으로 알지 못했다.

다섯 살이나 되었을까. 봄날이었다. 나는 마루에 있었다. 어머니와 나 외에는 집 안에 아무도 없었다.

탕탕탕.

"밥 좀 주소."

어머니가 부엌에 가더니 작은 상을 들고 왔다. 그러곤 철문을 열고 거지를 불러들였다. 나는 거지가 집으로 들어오는 것은 보지 못했다. 마루에 있다가 현관문 유리 너머로 시커먼 쓰레기 뭉치를 발견했다. 화단 옆 담을 향해 놓여 있는 뭉치였다.

찢어지고 땟국물에 전 걸레가 뭉쳐져 있었다. 걸레 위에 더 시커먼 걸레가 삐죽삐죽 솟았다. 쓰레기 뭉치는 앞으로 살짝 기울어져 까닥까닥 움직였다. 그 앞에 어머니가 차려낸 밥상이 놓여 있었을 것인데 내게는 보이지 않았다. 어린 나는 움직이는 쓰레기 뭉치에 크게 놀랐고,

소리를 내어 울었다. 어머니가 나를 달래었는지는 기억에 없다. 나는 마루에서 울었고 거지는 마당에서 밥을 먹었다.

집 밖에는 거지가 여기에도 저기에도 있었다. 다리나 팔이 없는 거지도 있었다. 집 근처에 도립 병원이 있었는데, 병원 담벼락에 거지들이 모여 있었다. 그들 앞을 지날 때면 멀찌감치 떨어져 숨을 죽이며 잰걸음을 했다. 그들은 어린 나에게 관심도 없었다. 그래도 나는 무서웠다.

거지가 공포의 대상이 된 것은 단지 그들의 행색 때문이 아니다. 내가 거지라는 존재를 눈으로 확인하기 전인지 그 후인지는 알 수 없으나 어머니와 형들이 나를 이렇게 놀렸다.

"니는 다리 밑에서 주워 왔다 아이가. 니 엄마한테 데리다주까?"

다리 밑에는 거지가 산다. 다리 밑 거지의 자식이라는 놀림에 울며불며 어머니의 품에 기어들었다. 이 놀림은 여동생이 말귀를 알아들을 만해지자 내림을 했다. 형들도 이 놀림을 꽤나 당했을 것이다.

'다리 밑에서 주워 온 아이'는 대한민국의 중년이 어릴 때 으레 당했던 놀림이다. 어른들은 아이가 울 때까지 놀려서 어린 우리 머릿속에 거지에 대한 공포를 새겼다. 거지 공포는 거지라는 대상 그 자체가 주는 공포가 아니다. 거지라는 대상을 자기화하면서 발현하는 공포이다. 다리 밑으로 돌아가 거지가 되면 현재의 가족은 내 가족이 아니게 된다. 내 집도 없다. 밥도 먹지 못한다. 거지 공포는 곧 내가 거지가 될 수도 있다는 공포이다.

나는 어른이 되고 난 다음에도 거지 공포를 느낀다. 지하철을 타려고 계단을 내려가다가 엎드려 구걸하는 노숙자를 보게 되면 몸이 굳는다. 나도 저렇게 엎드려서 구걸을 할 수도 있을 것이라는 공포가 엄습한다. 적자생존의 세상에서 나 역시 한순간에 미끄러질 수 있음을 상상하는 것은 합리적이다. 나는 다리 밑에서 태어났고 언제든지 다리 밑으로 돌아갈 수 있는 존재이다.

1980년대 이후 출생자는 "니는 다리 밑에서 주워 왔다아이가" 같은 놀림을 당하지 않았을 것이다. 거지가 눈에잘 보이지 않으니 거지 공포는 실재적이지 않고 그래서어른들도 이 놀림을 멈추었다. 대신에 이런 말로 공포를조성했다.

"대학 못 가면 사람대접 못 받는다."

"지잡대 나와서 뭐 하겠노."

"오토바이 배달이나 하면서 살래?"

거지가 사정이 조금 나아졌을 뿐이다. 거지가 될 수 있다는 공포는 세대를 불문하고 존재한다.

거지가 되지 않으려면

노숙자 무료 취식 현장을 취재한 적이 있다. 탑골공원 담벼락에서 기독교 선교 단체가 정기적으로 노숙자에게 밥을 나누어주고 있었다. 나도 그 밥을 먹으면서 취재를 하고 싶었다. 봉사자에게 간곡히 부탁하여 노숙자와 함께 줄을 섰다. 내가 먹는 밥으로 인해 한 분이 못 먹게 될 수 있으니 아주 조금만 달라고 했다.

줄을 서니 스테인리스 스틸 식판과 수저부터 주어졌다. 밥통과 국통을 지나면 반찬통이 있었다. 노숙자들은 서두르지 않았다. 느릿느릿 움직였다. 쌀밥에 된장국, 김치, 어묵조림. 이게 전부였다. 나는 조금 담았지만 그들의 식판에는 밥이 수북했다.

노숙자들과 함께 밥을 먹으며 이야기를 나누려고 했다. 얼마나 자주 먹는지, 먹을 만한지 등등의 질문이 준비되어 있었다. 밥과 국, 반찬이 담긴 식판을 들고 밥을 먹고 있는 노숙자들을 찾았다. 야외에서 밥을 먹을 때면 옹기종기 모여서 먹는 관습이 내 머릿속에 존재했고, 그들도 그럴 것이라 여겼다. 아니었다. 그들은 식판을 들고 흩어졌다. 대부분 담과 화단을 마주 보고 낱낱으로 앉았다. 길에서 밥을 먹는 모습을 그들은 보여주기 싫었던 것이다. 우리 집 마당의 그 거지도 벽을 보고 밥을 먹었었다. 그들과의 대화는 불가능했다.

무료 취식에 대한 글을 쓰기 위해 노숙자에 대한 자료를 찾아 읽었다. 나보다 훨씬 더 지독하게 취재를 한 기자가 있었다. 아예 노숙자로 살면서 그 경험을 르포로 남겼다. 기자는 불편한 잠자리와 악취 때문에 매우 힘들어했다. 기자가 정말로 힘들어한 것은 아무 일도 하지 않는다는 것이었다. 밥 주면 먹고 가만히 앉거나 누워 있다가 또 밥 주면 먹고, 그러고 자는 것이 노숙자의 일과였다. 사나흘이 지났을까, 기자는 이제 아무 일을 하지 않는 것이 편안하다고 썼다. 노숙자의 삶에 적응한 것이다.

노숙자의 삶에서 내가 발견한 공통점은 '관계의 단절'이다. 함께 얼굴을 맞대고 밥을 먹지 못하는 것은 관계의 단절로 인한 것이다. 아무 일도 하지 않는 것이 더 편안한 것도 관계의 단절 '덕분'이다. 한번 단절된 관계는 쉽게 회복되지 않는다. 관계는 상호적이기 때문이다.

돈이 없어 거지가 되는 것이 아니다. 관계가 단절된 자가 거지이다. 거지는 돈도 없고 빚도 없다. 거지마다 사정이 다르겠지만, 대체로 채권과 채무가 제로 상태이다. 가진 돈보다 빚이 많은 사람도 있다. 그럼에도 그들은 부자 소리 듣고 산다.

사업가 친구가 있다. 연 매출 1,000억 원이 넘는다. 내게 이런 말을 한 적이 있다.

"가족에게 항상 마음의 준비를 시키고 있지. 나 없이도 잘 살 수 있게. 사업이 망하면 도망가야 하거든."

영화나 텔레비전 드라마에서 한순간에 거리에 나앉게 되는 부자를 보았을 것이다. 허구가 아니다. 실제로 그런 일이 허다하게 벌어진다.

자기 돈으로만 사업을 하는 경우는 거의 없다. 은행에

서든 사람에게서든 돈을 빌린다. 이자를 약속하거나 지분을 내어주고 배당을 보장한다. 사업이 잘되면 이익금으로 이자와 배당을 주고도 남아서 고급 주택을 사고 고가의 외제 자동차도 굴린다. 사업이 망하면 주식회사라 해도 사업가가 책임을 져야 하는 것이 있다. 집 팔고 자동차 팔아야 한다. 빚이 제로인 거지처럼 되려고 노력한다.

'가진 돈보다 빚이 많은 부자'와 '빚이 하나도 없는 거지'에게서 발견되는 차이점은 단 하나밖에 없다. 사회와 관계를 유지하고 있는가 아니면 단절되어 있는가이다. 사업이 망한다는 것은 돈을 다 까먹었다는 사실에 더하여 더 이상 수익을 낼 가능성이 없다는 뜻이며, 수익을 낼 가능성이 없다는 판단은 사업가가 사회적 관계를 잘 유지할 수 없을 것이라는 예측에 따른 해석이다.

가슴 아프게도, 생활고로 인한 자살이 뉴스에 자주 등장한다. 한결같이, 죽은 지는 한참인데 어쩌다 발견된다.

"일주일 전부터 인기척이 없어 의심스러운 생각에 경찰에 신고했습니다."

나락에 떨어진다는 것은 끼니가 없음을 뜻하지 않는다. 굶어 죽게 생겼는데 연락할 곳이 아무 데도 없는 상태가 나락이다. 연락할 누군가가 있었으면 적어도 죽지는 않는다.

지하철역 계단에 엎드려 있는 노숙자를 마주치는 날이면 나는 전화를 한다. 그 상황에서 문득 떠오르는 사람들이 꼭 있다.

"응. 요즘 어때? 잘 지내?"

수다를 떤다. 내용이 중요하지 않다. "죽을 만큼 힘들면 말야, 꼭 내게 연락해야 돼" 하고 서로 나락에 떨어지지 않게 다독이면 된다. 내게는 그럴 수 있는 사람이, 행복하게도, 몇 명 있다. 그들 덕에 거지 공포를 이긴다.

받아쓰기 빵점을 받은 찌질이

나는 약한 체력을 가지고 태어났다. 뼈가 굵지가 않고 키가 크지도 않다. 어릴 때 병치레가 잦았다. 어머니는 몸이 약한 나를 보고 늘 이랬다.

"쟈는 배 속에서 막걸리만 먹어서 그랴."

나는 1962년 1월 30일생이다. 초등학교 입학은 3월이다. 나는 1961년생과 함께 입학해도 되고 1962년생과 함께 입학해도 되었다. 어머니는 1961년생을 내 학우로 선택했다. 어린 날의 내 인생이 그다지 평탄하지 못했던 것은 막걸리보다는 이른 입학 탓이 더 컸다.

약하게 태어난 데다 개월 수도 모자라니 학우들에게 치였다. 줄을 서면 내가 제일 앞이었다. '앞으로 나란히' 할 때 나는 양손을 허리에 올렸다. 교실에서 앉는 자리도 키 순서였고, 맨 앞줄의 제일 왼쪽이 내 자리였다. 존재감 제로의 황교익이었다.

학우들은 나를 놀이에 끼워주지 않았다. 큰 아이들보다는 나보다 약간 큰 아이들이 나를 해코지했다. 일종의 서열 싸움인데, 나를 제일 밑에 둠으로써 자신의 위치를 조금이라도 올리려는 의도였다. 학교에 가는 것이 싫었다. 정말 싫었다. 아침마다 울고불고했다. 어머니와 아버지는 내 사정을 알 리가 없었다. 어린 내가 그때의 상황을 알아듣기 쉽게 설명했을 리가 없다.

공부는 꼴찌였다. 보통은 한글 정도는 떼고 입학을 하는데, 나는 전혀 그러지를 못했다. 어머니가 입학을 엉겁결에 결정하여 공부 준비가 전혀 안 된 상태였다. 입학 후

첫 시험은 받아쓰기였다. 빵점을 받았다. 열 문제였는데, 답란은 아예 빈칸이었다. 부모님 도장을 받아 오라 하여 충실하게 어머니께 보여드렸다. 어머니는 눈치도 없이 빵점짜리 답안지를 동네 이웃들에게 보여주었다. 빵점 놀림을 오랫동안 들어야 했다.

초등학교 3학년 즈음에 키가 제법 커졌다. 나보다 작은 아이들이 생겼다. 그중에 정말 키가 작은 아이가 있었다. 금방 친해졌다. 이 친구는 노래에 재능이 있었다. 동요 대회에 나가 마산시 전체에서 1등을 하고 경상남도 대회에 진출한 적이 있다. 경상남도 대회에 나가 1등을 못 했다고, 2등을 했다고 교단에서 펑펑 우는 친구를 선생님이 다독였다. 내 옆자리에 돌아와 책상에 머리를 박고 우는 친구에게 나는 위로의 말도 못 했다. 내가 넘보지 못할 존재처럼 여겨졌다.

노래 잘하는 그 친구는 교내 합창단에 있었다. 그가 나를 합창단 선생님에게 데리고 갔다. 함께 합창단에서 놀고 싶었을 것이다. 피아노 앞에서 노래를 했다. 선생님은 난감한 표정이었으나 일단 연습 시간에 오라고 허락했다. 오래지 않아 합창단이 마산문화방송에 출연하게 되었는데, 선생님이 내게 이런 지시를 했다.

"너는 노래를 하는 것처럼 서 있으면 돼. 노래를 하면 안 되고."

친구에게 합창단은 내게 안 맞는다고 싸우다시피 사정을 하여 그만두었다.

그 친구는 지금 고향의 한 학교에서 음악 선생님으로 근무한다. 40여 년 만에 고향에서 만난 적이 있다. 술을 마시고 그의 노래를 들었다. 여전히 노래를 잘한다. 아쉽게도 키가 작아 소리통이 작다고, 그래서 성악가로 크게 빛을 보지는 못했지만 노래를 평생 하면서 살아가니 그는 행복해 보였다.

오랜 친구의 노래를 들으며 재능이라고는 고양이 오줌만큼도 없던 어린 황교익을 떠올렸다. 노래, 그림, 체육 어느 것 하나 잘하는 것 없고 게다가 공부조차 못하는 찌질이 황교익.

국민교육헌장 못 외운다고 혼자서 교실에 늦게까지 남았었다. 해는 이미 기울어 으스름했다. 운동장에는 아무도 없었다. 멀리서 '웅~' 하는 울림이 들리었다. 운동장을 가로질러 정문까지 투벅투벅 걸었다. 글을 읽다가 '서럽다'는 단어를 보게 되면 빈 운동장의 찌질이 황교익이 자동으로 떠오른다. 운동장의 서러운 찌질이는 가끔 내게 말을 건다.

"잘 버티고 있는 거지?"

공부를 하지 않고 성적이 오르다

내가 다닌 중학교는 교복 명찰 위에 '공부하는 학생'이라는 노란 딱지를 붙이게 했다. 공부, 공부, 공부. 시험을 보고 나면 복도에 전교 60등까지 이름을 붙였다. 성적에 따라 학생을 우반과 열반으로 나누어 가르쳤다. 나는 물론 열반이었다.

2학년 들어 어느 시험에서 전교 60등 안에 들었다. 선생님이 크게 놀랐는데, 더 놀란 것은 나였다. 과외를 한 것도 아니었다. 평소보다 공부를 더 한 것도 아니었다. 그냥 성적이 올랐다. 그때의 일을 지금 와서 분석하면 이렇다. 문장 이해력이 좋아진 것이다. 시험 문제가 요구하는 답이 무엇인지 이해하는 것만으로 성적이 올랐다.

문장 이해력이 좋아진 것은 국어 선생님과 친구 덕이었다. 그때는 몰랐고 한참을 지난 후에 이 사실을 깨달았다. 어릴 때에는 자신에게 무슨 일이 벌어지는지 잘 모른다. 머리가 조금 굵어져야 '아, 그때 그래서 내가 그랬구나' 한다.

국어 선생님은 예뻤다. 20대 중반이나 되었을까. 레이스가 달린 원피스를 즐겨 입었다. 선생님이 가까이 오면 화사한 화장품 냄새가 났다. 어머니 화장품 냄새와는 달랐다. 나는 사춘기였고, 선생님을 먼발치에서 보는 것만으로 아찔했다. 그 예쁜 선생님이 수업 시간마다 나를 불러 세워 교과서를 읽게 했다. 내가 귀여웠는지 아니면 안쓰러웠는지는 아직도 잘 모르겠다.

남들 앞에서 소리를 내어 책을 읽는 일은 처음이었다. 너무 떨려서 눈은 책을 보고 있었지만 글자가 보이지 않았다. 선생님이 내 곁에 바짝 서 있었던 탓에 가슴은 크게 쿵쾅거렸다. 나는 더듬더듬 읽고 선생님은 곁에서 낮은 소리로 바로잡아주었다.

새 친구가 생겼다. 그는 문학반이었다. 나를 문학반에 데리고 갔다. 문학반 선생님은 나이가 많고 완고했다. 각자 시를 쓰고 이를 낭독하게 했다. 내 친구의 시를 선생님은 침이 마르게 칭찬했다. 내용은 다 잊었지만 친구가 쓴 소철에 대한 시는 내 마음을 울렸다.

친구 집은 좁다란 골목길 끝에 있었다. 녹색으로 칠해진 나무 대문을 열고 들어서면 왼쪽에 화단이 있었다. 마당이 넓었다. 지대가 높아 마루에 앉으면 바다가 보였다. 화단에 소철이 있었다. 친구는 그 소철을 보고 쓴 시라고 했다. 그때 친구 집 마루에 앉아 바다와 소철을 보며 시인이 되겠다는 생각을 했다. 친구처럼 쓰고 싶었다. 그날 이후 나는 쓰고 또 썼다. 누런 연습장을 사다가 밤새워 썼다.

집에 있는 책들이 눈에 들어왔다. 당시에 응접실 장식용으로 세계문학 전집류가 팔렸고, 내 집에도 그게 있었다. 한 권씩 빼서 읽었다. 어려웠다. 호메로스의 《일리아스》, 도스토옙스키의 《카라마조프가의 형제들》, 톨스토이의 《죄와 벌》 등등이 중딩의 머리에 들어올 리가 없었다. 그래도 꾸욱 참고 읽었다. 나는 훌륭한 시를 써야 했고, 그 책 안에서 멋진 문장을 찾아내어 내 시에 써먹어야 했다. 누가 보던 것인지 알 수 없는데, 집 안에 그리스 희곡이 있었다. 소포클레스를 그때 알았는데, 또박또박 읽다 보니 재미났다. 지금도 가끔 소포클레스를 읽는다.

내 성적이 갑자기 오른 것은 국어 선생님과 친구 덕이 분명하다고 생각하는 이유는, 이해하지도 못하는 문학책을 읽고 시를 쓴 것 외에 따로 그 어떤 공부를 한 적이 없기 때문이다. 이를 문장 공부라고 한다면 국어 성적이 오를 수는 있다. 영어, 수학, 실과 등 전 과목의 성적이 올랐다. 나 역시 처음에는 이 일을 이해하지 못했다. 답을 구하는 질문은 한글로 된 문장이고, 문장 이해력만으로 정답을 찾을 수 있는 문제가 의외로 많다는 사실을 고등학교에 가서야 깨달았다. 학교 공부는 열심히 하는데 성적은 잘 오르지 않는 친구를 보면서 내 생각은 확신으로 변했다. 외우면 외운 것만 맞힐 수 있지만 시험 문제의 문장을 이해하면 외우지 않은 것도 맞힐 수가 있다.

인간의 뇌는 입력된 것만 기억하는 전산장치가 아니다. 인간은 추리하고 연상하며 상상하는 뇌를 가지고 있다. 인간의 이런 능력은 언어를 사용하면서 얻어진 것이다. 언어는 암기를 위한 기호가 아니라 이해를 위한 기호이다. 외우려고 하지 말고 이해하려고 해야 한다. 그게 인간의 뇌에 적합하다.

수재는 따로 있다

고등학교 단짝이었다. 친구는 정말 열심히 공부했다. 수업 끝나고 함께 공부하는 일이 잦았는데, 나는 놀았고 그는 어마어마한 집중력으로 교과서를 팠다. 내 교과서는 필기 하나 없이 하얗고 그의 교과서는 빽빽하게 노트가 되어 있었다. 시험을 보면 둘의 성적이 앞서거나 뒤서거나 했다. 친구는 성적을 비교하며 분통을 터뜨렸다.

"니는 공부도 안 했잖아."

나는 그때 그 친구에게 분명히 말했다.

"교과서 말고 시험 문제에 답이 있어. 잘 봐. 봐. 봐."

친구는 아직도 이 말을 이해하지 못한다. 그럼에도 열심히 공부한 덕에 공무원이 되어 잘 살고 있다.

대학 다닐 때 중고생 과외를 했다. 그때는 과외가 불법이라 몰래바이트라고 했다. 나는 성적 올려주는 대학생으로 인기가 있었다. 한두 달 만에 반 석차 30등에서 10등까지는 올렸다. 방법은 단순했다. 문제가 어떤 답을 요구하는지에 대한 이해도를 높이는 데에 집중했다. 입버릇처럼 한 말이 "답은 이 문제 안에 있어"였다.

이 공부 방법으로 성적을 올리는 데에는 한계가 있다. 중하위권을 중상위권으로 진입시키는 데에는 더없이 효과적이다. 중상위에서 최상위로 올리기 위해서는 이 방법만으로는 절대 안 된다. 문장 이해력에 더하여 암기력과 응용력까지 확보해야 한다. 진짜 공부 잘하는 학생은 엉덩이가 무거워야 하고 머리가 잘 돌아가야 한다. 수재는 타고난다. 가르친다고 되는 것이 아니다.

여러분은 어떤가. 수재라고 생각하는가. 수재이면 이 책을 읽고 있지도 않을 것이다. 어떻게 먹고살 것인지 고민할 것도 없는 존재이기 때문이다. 대부분의 인간은 보통의 머리를 가지고 태어난다. 나 역시 보통의 머리이다. 겨우 중앙대학교 신문방송학과를 나왔을 뿐이다. 대학원에 가지도 않았다. 생계를 유지할 정도의 공부만 하지 수재처럼 과제 해결에 집중하지 않는다. 모르는 것은 모르는 대로 둔다. 잘 아는 사람에게 물으면 된다고 여긴다. 내가 이 책에서 말하려고 하는 것은, 보통의 머리로 먹고

사는 방법이다.

세상은 보통의 머리를 가진 사람들이 다수이다. 여러분이 경쟁해야 하는 상대는 수재가 아니라 여러분처럼 보통의 머리를 가지고 있는 사람들이다. 그들보다 조금만 나으면 된다. 톱이 될 필요는 없다. 100명 중에 20위 안에 들면 된다. 그 정도만 되어도 이 세상을 사는 데에 큰 지장은 없다. 수재와 경쟁하지 말아야 한다. 피곤하기만 할 뿐 이길 수가 없다. 보통의 머리를 달고 사는 사람들 속에서 조금만 잘하면 된다.

중2에 전교 석차 60등 이내에 든 이후 내 성적은 크게 오르지도 내리지도 않았다. 성적을 더 올리기 위해 공부 시간을 늘리는 일도 없었다. 고등학교에 가서도 그랬고, 대학교에 가서도 그랬다. 수재를 따라잡을 생각은 그때나 지금이나 없다. 보통의 내 머리에 만족하며 그에 맞추어 산다.

글쟁이의 재능이 내게는 없었다

중2 이후 나는 책 읽는 즐거움에 푹 빠졌다. 닥치는 대로 읽었다. 고등학생이 되면서 문학 소년처럼 굴었다. 수업 시간에 교과서를 펼쳐놓고 그 아래에는 소설이나 시집을 숨겨서 읽었다. 마산 출신 문학가가 제법 되는데, 나도 그들처럼 마산을 빛내는 문인으로 칭송받을 것이라는 꿈을 꾸었다.

〈학원〉이라는 잡지를 구독했다. 중고생 교양 잡지였는데, 학생의 문학 작품을 받아서 게재하기도 했다. 언젠가는 이 잡지에 내 글을 싣겠다는 결심을 했다. 대학은 국문학과를 가서 신춘문예를 통해 시인으로 등단을 하고 고향에서 문학인으로 멋지게 사는 꿈을 꾸었다.

어느 달에 배달된 〈학원〉에는 당시 한국 문단에서 이름을 날리고 있는 작가의 학창 시절 작품이 실렸다. 작가와 작품은 기억나지 않지만 나는 그 작품들을 읽으며 좌절했다. 그때까지 내가 쓴 작품과는 질적으로 큰 차이가 났다. 나와 같은 나이에 쓴 작품인데, 달라도 너무 달랐다. 밤새 아, 아, 아, 감탄을 쏟다가 절망의 아침을 맞았다. 나는 안 돼. 이들보다 잘 쓸 수는 없어.

수재라 하면 과학, 수학, 음악, 미술 수재만 떠올린다. 문학에도 수재가 존재한다. 타고난 글쟁이가 있다. 문자의 세상은 가공의 세상이다. 상상의 세상이다. 오직 문자라는 기호로 신을 탄생시킬 수도 있고 인간을 지구에서 사라지게 할 수도 있다. 오직 문자라는 기호로 사람의 감정을 움직인다. 문자 세상은 실재 세상이 아니다. 실재하지 않는 세상을 사람들의 머릿속에 심기 위해서는 먼저 실재하지 않는 세상을 문자로 창조할 수 있어야 한다. 이를 문학적 상상력이라 한다. 문학적 상상력은 연습을 하면 웬만큼 성장하기도 한다. 열심히 취재를 하여 실재 세상을 묘사하는 방식으로 문학적 상상력의 부피를 키울수도 있다. 그러나 순수하게 상상력만으로 문자라는 기호를 가지고 노는 사람들이 있다. 이들은 타고난다.

무협소설이나 공상소설을 말하는 것이 아니다. '달이 떴다'라고 썼을 뿐인데, 달빛 고요한 호수를 떠올리게도 하고 붉고 음침한 죽음의 달을 떠올리게도 하는 작가가 있다. 작가의 머릿속에 문자의 세상이 감각적 실체로 존재해야 가능한 일이다.

이외수 작가가 문학 수업을 할 때의 일화를 읽은 적이 있다. 시골 학교 소사로 있을 때이다. 한겨울에 이불을 뒤집어쓰고 원고지에 '춥다'라고 썼다. 느낌이 오지 않았다. 그는 발가벗고 수돗가로 가서 찬물 한 바가지를 뒤집어썼다. 방으로 들어와 달달 떨며 원고지에 '춥다'라고 썼다. '춥다'라는 문자가 춥게 느껴졌다. 문자의 세상은 가공의 세상이나 작가 자신의 감각 안에서는 실재의 세상이어야 독자의 머릿속에 실재의 세상인 듯이 상상하게 만들 수 있다.

〈학원〉에 실린 수재의 작품을 보며 나는 내 문자의 세상이 얼마나 빈약한지 깨달았다. 나는 그들처럼 될 수 없음을 내 형편없는 습작들이 증명하고 있었다. 나는 문학적 재능이 없다. 시인이 된다 하여도 무명의 삼류 시인이나 될 것이다. 그만두자. 수재의 작품을 즐기는 것으로 끝내자. 내 문학 수업은 그렇게 마감했다. 그때가 고2였다.

죽을힘을 다해 달리다

남자아이들은 성적보다 몸의 크기로 서열이 정해진다. 작으면 깡다구라도 있어야 한다. 몸이 작고 체력이 약하며 말수가 적은 나는 존재감이 없었다. 모의 체력장 시험을 보는 날이었다. 무슨 생각이었는지 내 존재를 드러내고 싶었다. 그날에 문득 수컷의 본능이 터졌을 수도 있다.

1970년대는 체력이 국력이었던 시대였다. 대입 시험에 체력 점수가 반영되었다. 윗몸일으키기, 턱걸이, 수류탄 던지기, 100m 달리기, 오래달리기 등으로 점수를 내었다. 웬만해서는 만점이 주어졌다. 나도 가까스로 만점을 받기는 했다.

오래달리기는 체력 소모가 많아 맨 마지막에 한다. 오래달리기를 하기 위해 운동장에 퍼질러 앉아 있으면서 이런 생각을 했다. 죽을 만큼 한번 뛰어보자. 날은 맑았고 바람은 선선했다.

오래달리기는 1,000m를 뛰어야 한다. 운동장 다섯 바퀴이다. 짧은 시간에 진행을 해야 하니 대여섯 명을 한 팀으로 해서 앞 팀이 100m 정도 나아가면 뒤의 팀이 뛰었다. 팀은 키 순서대로 정해졌다. 키가 크면 앞에 뛰고 작으면 뒤에 뛰어야 했다. 그날 나는 제일 앞줄에 섰다. 선생님과 친구들은 "에헤~" 하며 뒤로 보내려 했으나 첫 팀에 뛰겠다고 우겼다. 나와 같이 뛰는 친구들은 키가 머리 하나는 더 있었다.

출발 신호와 함께 있는 힘을 다해 내달렸다. 100m 단거리를 뛰듯이 했다. 순간적으로 키 큰 친구들보다 한참을 앞섰다. "우와~" 하는 함성이 들렸다. 운동장에 있던 친구들이 내 독주를 본 것이다. "황교익! 황교익!" 내 이름을 연호하는 친구도 있었다. 몸 작고 체력 약한 녀석이 자기보다 머리 하나는 더 있는 친구들을 따돌리며 뛰고 있으니 구경거리가 났다.

체력은 마음먹은 대로 되는 것이 아니다. 운동장을 한 바퀴도 못 돌고 나는 2등, 3등, 4등 점점 뒤로 밀리었다. 내 다리는 이미 내 다리가 아니었다. 헛짚어지는 다리를 제자리로 돌려놓기 위해 안간힘을 쓰며 달렸다. 세 바퀴가 넘어가자 나는 꼴찌로 달리고 있었다. 가슴은 터질 것 같았고 목구멍은 찢어질 듯했다. 운동장의 함성은 여전했고, 나는 이러다 죽을 수도 있겠다는 생각을 하며 뛰었다.

골인 지점에서 나는 쓰러졌다. 내 몸인가 했다. 얼굴 위로 누군가가 와서 뭐라뭐라 했다. 웃는 표정으로 보아 칭찬 같았다. 겨우 몸을 세워서 운동장 바깥의 수돗가로 갔다. 내 발이 붕붕 떠다니는 듯했다. 수돗물을 틀고 몸을 숙여 머리에 물을 적시면서 나는 토했다. 그 자세로 한참을 있었다. 눈물이 핑 돌았다. 그리고 강렬한 희열을 느꼈다.

체육 선수들은 경기를 할 때 한계점에까지 자신의 체력을 쓴다. 거의 죽을 고비까지 간다. 그래서인지 그들에게는 특별난 기운이 있다. 인생의 극점을 수시로 겪은 사람들에게서 느껴지는 경외감이다. 몸을 쓰는 일이 아니면 죽을 만큼 힘을 다하는 일이 없을 듯하지만 꼭 그런 것도 아니다. 가만히 앉아 초집중을 하는 상태도 죽을힘을 다해 뛰는 것과 크게 다르지 않다.

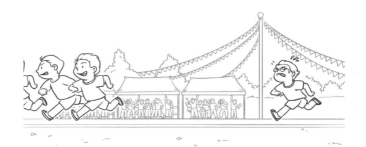

나는 글을 쓸 때마다 죽을힘을 다해 달린다. 초집중을 해서 쓴다. 원고지 20장 정도의 글은 두 시간 이내에 끝낸다. 퇴고는 거의 없다. 단번에 내달린다. 물론 자리에 앉아 글을 쓰기 전까지 자료를 찾고 구성을 하는 데에는 많은 시간을 들인다. 머리에 글의 처음과 끝이 분명해지면 그때 자리에 앉아서 내달린다. 한 호흡으로 내달린다.

집중하는 상태를 이르는 말 중에 '몰두'라는 것이 있다. 한자로 '沒頭'이다. 성석제가 이 몰두를 재미나게 풀었다. 부분 인용이다.

> 개의 몸에 기생하는 진드기가 있다. (중략) 진드기는 머리를 개의 연한 살에 박고 피를 빨아먹고 산다. (중략) 핀셋으로 살살 집어내지 않으면 몸이 끊어져버린다. 한번 박은 진드기의 머리는 돌아 나올 줄 모른다. 죽어도 안으로 파고들다가 죽는다. 나는 그 광경을 '몰두'라고 부르려 한다.
>
> 성석제, 《번쩍하는 황홀한 순간》, 문학동네, 2017.

몰두에 희열이 따른다. 진드기가 자기 몸이 떨어져 나가는 것도 모르고 개의 몸에 머리를 박고 있는 것은 강한 희열을 보장받을 수 있기 때문이다. 체육 선수가 죽을힘을 다해 몸을 쓰고 고통만 맛본다면 그 운동을 다시는 하지 않을 것이다. 피겨 여왕 김연아의 부어오른 발, 축구선수 박지성의 멍든 발, 발레리나 강수진의 비틀린 발은 고통의 흔적이면서 희열의 흔적이기도 하다.

인간의 뇌는 고통의 시간을 겪고 나면 반드시 보상의 도파민을 터뜨린다. 인간이 모험적인 일을 하는 이유이다. 쉬운 일만 하면 보상은 없거나 적다. 자신이 감당하지 못할 일에 자신을 밀어 넣는 것에 주저함이 없어야 한다. 그래야 희열을 얻는다. 행복이란 별것이 아니다. 그 희열의 경험이 많은 사람이 행복한 사람이다. 나는 그때 수돗가에서 토하면서 희열을 맛보고 중독되었다. 꼴찌를 하여도 죽을힘을 다하면 희열은 나의 것이다.

2장
그때
세상 사는 법을
다 배웠다

"먼바다로 나아가려면, 손을 놓아야 한다. 죽을 각오를 하고 손을 놓아야
한다."

대한민국 거의 모든 어머니의 꿈

"월급쟁이가 최고지."

어머니는 어린 내게 늘 이렇게 말했다. 많든 적든 다달이 월급을 받는 안정된 삶을 어머니는 최고의 삶이라 생각했다. 직장을 그만두고 자유 직업인으로 사는 내게 지금도 그러신다. 왜 멀쩡하게 잘 다니던 직장을 그만두었냐고 타박한다.

어머니는 경제적으로 안정된 생활을 하지 못했다. 선친이 공장을 하여 돈을 많이 벌 때도 있었지만 돈이 말라 쩔쩔맬 때가 잦았다. 선친은 남에게 신세 지는 일을 극도로 싫어했다. 돈이 안 돌면 돈 빌리는 일을 어머니가 했다. 안정된 직장에서 또박또박 월급 받는 가장을 두지 못한 것이 어머니의 한이었다.

내 어머니만 그런 것이 아니었다. 당시에 대한민국 거의 모든 어머니의 꿈은 월급쟁이였다. 안정된 직장이 귀했던 시절이었기 때문이다. 그래서 졸업 후 곧장 취업을 할 수 있는 상고나 공고에 가는 자식들은 효자 대접을 해주었다.

"아이고, 갸는 상고 나와서 은행에 갔다 아이가."

은행 돈이 자식 돈이나 되는 듯이 자랑했다.

마산은 교육열이 높은 지역으로 유명했다. 인문계 고등학교에 대한 집착도 컸다. 자식이 조금 공부를 잘한다 싶으면 어떻게든 대학에 보내려고 했다. 마산의 특별난 교육열을 이해하기 위해서는 마산 시민의 성격을 먼저 이해해야 한다.

조선시대에 마산은 조그만 바닷가 마을이었다. 갯가에 초가 몇 채 있었다. 산이 높고, 바다에는 갈대가 무성한 갯벌이 펼쳐져 있었다. 일제강점기에 일본인이 마산에 대거 진출했다. 갯벌을 메웠다. 마산역을 세웠다. 기차는 대륙에까지 이어졌다. 여객선을 띄워 남해의 뱃길을 열었다. 마산을 중심으로 부산에서 여수까지 한 상권으로 엮었다. 물론 일본에도 배가 오갔다. 마산은 산업이 번창했고 돈이 돌았다. 마산 주변의 농촌 사람들이 마산으로 진출했다. 고향에 부쳐 먹을 논밭이 없는 사람들이었다. 건강한 몸 하나 믿고 일제 식민 도시 마산에 이주했다.

농민은 돈을 벌면 논밭을 산다. 부모 농민은 자식 농민에게 논밭을 물려준다. 한반도 사람들은 5,000년을 이렇게 살았다. 농민으로 살다가 문득 노동자와 상공인이 된 마산 시민은 돈을 벌어도 자식에게 물려줄 것이 없었다. 물론 크게 돈을 벌면 그 돈을 물려주면 될 것인데, 겨우 끼니를 해결하고 남는 돈일 뿐이다. 자식에게 물려줄 것 없는 마산의 노동자와 상공인들은 자식 교육에 '몰빵'을 했다.

마산 시민의 자식 교육열은 주변 지역에까지 확장되었다. 마산고, 마산상고, 마산공고 등이 '인재의 요람'으로 떴다. 경남 지역에서 공부 좀 한다 싶으면 마산으로 보내어졌다. 전라도에서도 왔다. 3·15 마산민주항쟁을 촉발한 김주열 열사도 전북 남원에서 마산으로 유학을 온 마산상고 학생이었다.

교육열에 불탔던 마산의 부모들은 자식이 공부를 조금 하는데 가정 형편이 안되면 공고와 상고를 보냈고, 가정 형편이 나으면 인문계를 거쳐 대학까지 보냈다. 고졸이든 대졸이든 최종의 목표는 물론 안정된 월급쟁이였다. 최고의 월급쟁이는 공무원과 교사와 대기업 직원 등이었다. 학교 선생님들이라고 크게 다를 것이 없었다. 어른들은 어린 우리에게 다들 이렇게 말했다.

"월급쟁이가 최고지."

부모가 반대하면 그 길이 맞다.
그 길로 가라고?

고2 때였다. 친구네 집에서 놀고 있었다. 그 친구는 나보다 세상 돌아가는 일에 밝았다. 박정희 독재에 맞서 반정부 투쟁을 하는 인사들의 근황을 잘 알고 있었다. 김대중이라는 이름을 이 친구를 통해 처음 들었다. 당시 반정부인사로 유명했던 김동길 교수가 마산에 강연을 하러 온다고 해서 함께 학교를 몰래 빠져나와 그의 강연을 듣기도 했다. 강연장에 교복을 입고 나타난 우리가 대견했는지 앞자리에 앉게 해주었다. 하여튼, 그 친구가 내게 쪽지를 보여주었다.

"이거 읽어봐라. 거창고등학교에서는 이런 거 가르친다."

지금은 사립 명문 기숙학교가 되어 외지인 자제들이 들어간다고 들었다. 그때는 거창 지역 아이들이 다니던

학교였다. 별별 소문이 다 돌았는데, 압권은 이런 소문이었다.

"서울대 갈 실력인데 육사를 보낸대. 군인이 되어 쿠데타해서 박정희 쫓아내라고."

친구가 보여준 쪽지에는 '취업 십훈'이라는 글이 붓글씨로 쓰여 있었다. 누군가 외우기 위해 적은 듯하였다. 한 구절 한 구절, 나에게는 충격이었다. 그중에 몇몇 구절이 유독 강하게 내 머리에 박혔다.

나는 그날 이후 40년 가까이 이 문장들을 취업 십훈의 구절이라고 기억하며 살았다. 근래에 확인하니 제목이 취업 십훈이 아니라 취업 10계명이고 문장이 다르다. 내 기억이 틀렸을 가능성이 높다. 그런 것은 중요하지 않다. 무엇을 가르치려 했는지 그 뜻이 중요하다. 거창고등학교의 〈취업 10계명〉은 이렇다.

하나, 월급이 적은 쪽을 택하라.

둘, 내가 원하는 곳이 아니라 나를 필요로 하는 곳을 택하라.

셋, 승진 기회가 거의 없는 곳을 택하라.

넷, 모든 조건이 갖추어진 곳을 피하고 처음부터 시작해야 하는 황무지를 택하라.

다섯, 앞을 다투어 모여드는 곳은 절대 가지 마라. 아무도 가지 않은 곳으로 가라.

여섯, 장래성이 전혀 없다고 생각되는 곳으로 가라.

일곱, 사회적 존경 같은 건 바라볼 수 없는 곳으로 가라.

여덟, 한가운데가 아니라 가장자리로 가라.

아홉, 부모나 아내나 약혼자가 결사반대하는 곳이면 틀림이 없다. 의심치 말고 가라.

열, 왕관이 아니라 단두대가 기다리고 있는 곳으로 가라.

거창고 취업 10계명은 "월급쟁이가 최고지"와는 정반대되는 길을 가리키고 있다. '생존의 길'이 아니라 '죽음의 길'로 가라고 한다. 예수가 이랬다. 예수는 '죽음의 길'로 갔다. 거창고등학교의 취업 10계명은 예수처럼 살라는 주문이었다.

그때 친구와 나는 예수의 삶에 대해 자주 토론을 했다. 친구의 어머니가 독실한 기독교인이었고, 친구와 나는 가끔 어머니한테 붙잡히어 교회에 가야 했다. 신심은 전혀 없었으나 낮은 곳으로 향했던 예수의 삶은 그때 내 가슴속 깊이 들어와 있는 상태였다. 그래서 취업 10계명도 내 가슴속에 쑥 들어와 앉아버렸다.

　나는 단두대가 기다리고 있는 곳으로 갈 용기가 없다. 예수처럼 살고 싶어도 예수처럼 죽으라 하면 나는 도망을 할 것이다. 그래서 내 머릿속에는 '왕관이 아니라 단두대가 기다리고 있는 곳으로 가라'라는 열 번째 계명은 아예 편집되어 기억에 없었다. 40년이 지나서 취업 10계명을 다시 보고 이런 구절이 있었음을 확인하고 내가 얼마나 겁이 많은 인간인지 깨달았다. 인간은 원래 그렇다. 책을 읽고 그 내용을 다 기억하는 사람은 없다. 편집해서 기억할 뿐이다. 여러분도 이 책을 읽고 아주 일부만 편집하여 기억할 것이다. 그러나 그 일부가 여러분의 삶에 결정적 영향을 줄 수도 있다.

　거창고 취업 10계명에서 내 머리가 편집을 하여 밀어넣은 문장은 이 셋이었다.

　"아무도 가지 않는 길을 가라."
　"가운데가 아니라 가장자리로 가라."
　"부모가 반대하면 그 길이 맞다. 그 길로 가라."

평생의 내 처세술이 이때 정해졌다. 내 삶에서 이 처세술이 어떻게 작동했는지 이 책에 자세히 적을 것이다.

나도 부모이다

내게 자식이 있다. 내가 부모가 되고 나니 "월급쟁이가 최고지"라고 했던 부모 마음을 이해하게 되었다. 자식이 고생하는 것을 부모는 참지 못한다. 가슴이 미어진다. 이건 동물적 본능이다. 모든 부모가 자식이 편안하게 살기를 바란다.

월급쟁이가 최고라는 생각은 요즘의 부모도 똑같다. 안정된 밥벌이이기 때문이다. 월급쟁이 중에서도 가장 안정된 월급쟁이가 공무원과 교사이다. 대기업은 정리해고 등이 잦아 언제 잘릴지 모른다는 것을 경험으로 알게 되었다. 공무원과 교사는 경기가 좋든 나쁘든 월급이 나온다. 잘리는 일이 없다. 퇴직 후 연금도 넉넉하게 받는다. 부모는 자식 앞에서 "공무원이 최고지" "교사가 최고지" 하고 버릇처럼 말한다.

한국의 자식들은 부모 말 참 잘 듣는다. 효자들이다. 공무원과 교사가 되어 부모 마음을 편하게 하고 싶어 한다. 그들 눈에도 공무원과 교사가 가장 안정되어 보인다. 공무원과 교사가 되는 과정이 치열하지만 합격만 하면 그 다음에는 경쟁도 없다. 약육강식의 정글에서 비껴간 사회생활을 유지할 수 있다.

그래서, 노량진에는 공무원과 교사가 되려는 효자 젊은이들로 가득하다. 삼수, 사수는 예사이다. 시험만 붙으면 나머지 인생은 편안해진다는 생각으로 공부를 한다. 경쟁률이 높아도 다들 여기에 매달린다. 나는 붙을 것이다. 붙고 나면 인생이 활짝 필 것이다.

거창고 취업 10계명을 읽으며 몸을 떨었던 고등학생 황교익은 이제 아버지가 되었다. 그때의 나 같은 자식을 앞에 두고 취업과 미래를 함께 고민한다. 취업 10계명이 뇌에 새겨져 있든 말든 부모의 본능이 작동한다. "그 대학에서 그거 전공하면 어디에 취직을 하는데?"가 입시를 앞둔 내 자식에게 던진 첫 질문이다. 부모가 나에게 했던 "월급쟁이가 최고지"에서 한 치도 벗어나지 않은 말이다.

나는 자식에게 내 처세술을 말하기는 해도 내 처세술

대로 살라고 고집하지는 못한다. 내 인생은 내 인생이고, 자식 인생은 자식 인생이다. 나는 자식에게 거창고 취업 10계명을 보여주며 이렇게 말할 수밖에 없었다.

"부모로서 나는 네가 안정된 삶을 살기를 바란다. 월급쟁이가 최고일 수 있다. 할머니, 할아버지가 내게 그랬듯이 나도 너에게 이렇게 말할 수밖에 없다. 그렇다고 내 말대로 살지 않기를 바란다. 내가 반대하는 길이 네 인생에 맞을 수도 있다. 나는 거창고 취업 10계명 중에서 '부모나 아내나 약혼자가 결사반대하는 곳이면 틀림이 없다. 의심치 말고 가라'는 말이 가장 마음에 들었고, 나는 그렇게 살았다. 이제 네 차례다. 나와 싸워서 부디 이겨주길 바란다."

독자 여러분은 내 자식이 아니다. 내 자식 같은 젊은이들이다. 반은 부모의 마음으로, 반은 인생 선배의 마음이다. 그러니 강도가 높아질 수밖에 없다.

"부모 말 듣지 마라. 부모가 보았던 세상이 앞으로도 똑같이 전개될 확률은 제로이다. 부모가 안정된 삶이라고 생각하는 직업군이 앞으로도 안정될 것이라는 생각은 버려야 한다. 공무원과 교사가 당장에 안정된 직업이라고 하여 노량진에 몰려드는 것은 바보스러운 일이다. 떨어져도 괜찮다고 생각하지 마라. 공무원과 교사 시험 문제를 보라. 그건 죽은 지식이다. 사회생활 하는 데에 아무 쓸모가 없다. 시간이 아깝다. 넓게 보라. 아무도 가지 않는 길이 있을 것이다. 겁내지 마라. 그 길로 가라. 그 길이 공무원과 교사 되는 길보다 훨씬 쉬울 수도 있다. 아무도 가지 않아 사람들이 모를 뿐이다. 부모가 반대하면 그 길이 맞다. 그 길로 가라."

손을 놓아라

이 책은 처세술이나 자기계발 서적으로 분류되어 있을 것이다. 사실 나는 처세술 책은 안 읽는다. 내용이 비슷비슷하여 재미가 없다. '이렇게 하면 성공한다'고 다들 비결을 밝히고 있지만 그 비결이란 것이 별 소용이 없어 보이기도 한다. 그럼에도 독자들은 꾸준히 처세술 책을 찾는다. 이때까지 팔려나간 처세술 책이 독자들의 삶을 책에 나온 대로 이끌었다면 대한민국에 성공하지 못한 사람은 없어야 한다. 많이 팔리기는 하지만 독자는 기대한 만큼의 처세 능력을 얻지 못했다고 볼 수 있다.

내가 고등학교를 다닐 때도 처세술 책이 제법 팔렸다. 국내 작가의 것은 거의 없었고 외국의 어느 석학이 썼다 하며 해적판으로 돌아다닌 노란 표지의 책이 있었다. 저자도 책 이름도 기억에 없다. 임어당의 《생활의 발견》, 이스라엘 처세술 책이라는 《탈무드》가 인기 있었다. 일본 대하소설인 《대망》이 처세술 책으로 읽히기도 했다. 나도 이런 류의 책을 읽었다. 그러다 어느 책에서 처세술 책 읽기를 멈추었다. 처세술을 배우는 것보다 더 중요한 것이 무엇인지 깨닫게 해준 책이었다.

《갈매기의 꿈》을 쓴 리처드 바크의 책이었을 것이다. 그 작가의 책이 아닐 수도 있다. 반복해서 말하지만, 실재의 것보다 자신의 머리에 저장되어 있는 내용이 중요하다. 내가 아래에 서술한 이야기도 책에 있는 그대로가 아니다. 내 기억 속에 있는 이야기를 내 식으로 쓸 뿐이다.

이끼가 있었다. 이끼이니 강물 속 바위에 붙어 있다. 한 이끼는 자신의 머리 위로 흘러가는 강물이 부러웠다. 그 강물처럼 자신도 바위에서 벗어나 세상에 흐르고 싶었다. 이끼는 바위에서 손을 놓았다. 강물은 이끼를 휘몰아 바위에 부딪히게 하고 강바닥에 이리저리 내쳤다. 이끼는 죽을 것 같았다. 시간이 지나자 이끼는 강물 위로 서서히 떠올랐다. 강물 위에 뜬 이끼는 햇볕을 받고 바람을 맞았다. 새로운 세상이었다. 강물 위로 흘러가는 이끼를 본 다른 이끼들이 그에게 물었다.

"어떻게 하면 당신처럼 강물을 따라 흘러갈 수 있나요?"

이끼는 대답했다.

"바위에서 손을 놓아라."

그러나 이끼들은 손을 놓지 않고 계속 물었다.

"어떻게 하면 당신처럼 강물을 따라 흘러갈 수 있나요?"

이끼들은 여전히 강물 바닥의 돌을 붙들고 묻기만 했다. 강물을 따라 흘러간 이끼는 마침내 바다를 보게 되었다. 손을 놓지 못한 이끼들은 영원히 보지 못할 바다였다.

여러분은 처세술 책을 얼마나 읽었는가. 내용을 얼마나 기억하고, 책의 내용대로 실행한 것이 얼마나 되는가. 사실 처세술이란 게 술자리에서 선배들이 던져주는 말만

들어도 충분하다. 나이 서른 즈음에 처세 방법을 모른다 하는 것은 자신을 속이는 짓이다. 이미 다 안다.《내가 정말 알아야 할 모든 것은 유치원에서 배웠다》라는 책이 베스트셀러가 된 적이 있다. 유치원에서 배웠다고 하는데, 그 책을 사서 읽으며 또 배운다.

독자 여러분도 처세술을 모르는 것이 아니다. 단지 실행하지 못할 뿐이다. 먼바다로 나아가려면, 손을 놓아야 한다. 죽을 각오를 하고 손을 놓아야 한다. 손을 놓지는 않고 계속 처세술만 찾아봤자 내 세상은 바뀌지 않는다.

물론 바위에서 손을 놓는 일이 그리 쉽지는 않다. 멘탈이 약한 사람에게는 권할 만하지 않다. 바위에서 손을 놓았다가 다치는 사람을 많이 보았다. 바위에서 손을 놓지 못하겠으면 그냥 그 바위와 한 몸이 되어 살면 된다. 다만, 자신의 처지를 불안해하지 말아야 한다. 처세술에 꿈이니 신념 따위를 붙여 파는 사람들은 여러분의 불안을 조장할 뿐이다.

여기까지 읽고 이 책을 덮어도 된다. 내 책 역시 처세술 책이다. 여러분의 실행이 중요하지 내가 말하는 처세술은 크게 중요하지 않다. 나는 바위에서 여러 번 손을 놓았다.

손을 놓아본 경험이 없고 그 이후 어떤 일이 벌어지는지 궁금하면 이 책을 계속 읽기 바란다. 큰 도움은 안 될 것이나 황교익의 구질구질한 생존기가 흥미진진하기는 할 것이다.

선친의 사업이 망했다

나는 대학에 갈 생각이 없었다. 어떻게 먹고살 것인지 고민하지 않았다. 고향 마산에서 대충 빈둥거리며 살고 싶었다. 놀 궁리만 했다. 다행히 친구들이 함께 잘 놀아주었다. 여름이면 텐트를 짊어지고 바다로 갔다. 거제와 통영 앞바다가 내 놀이터였다. 겨울엔 산을 갔다. 밀양 천황산 사자평에서 뒹굴었다.

고3이 되자 친구들은 공부에 매달렸다. 나는 여전히 놀았다. 혼자서 부산과 진주 등지로 쏘다녔다. 예비고사 치고 나서는 학교에 아예 가지를 않았다. 결석 일수가 50여 일이나 되었는데, 선생님이 졸업을 시켜야 한다고 결석 일수를 줄였다는 말을 들었다.

공부는 하지 않아도 성적은 웬만큼 나왔다. 부모도 선생님도 성적이 나오니 대학을 진학해야 하는 것은 당연하다고 여겼다. 대학 본고사가 있을 때였는데, 시험을 보았고 떨어졌다. 그렇게 놀았으니 떨어지는 게 당연했다.

그즈음에 선친의 사업이 망했다. 1979년 오일쇼크는 마산의 전통적 기계 산업을 망가뜨렸고 선친도 이를 피하지 못했다. 빚을 크게 졌다. 가족이 흩어졌다. 나는 재수를 하라고 서울의 작은아버지 댁에 보내어졌다. 그렇게 고향 마산을 떠났다.

사촌은 삼수였다. 내 성적이 그래도 조금 나으니 사촌 공부에 도움이 될 것이라고 어른들은 판단한 듯했다. 어른들은 공부는 하지 않는 나를 몰랐던 것이다. 사촌과 함께 학원에 등록을 하고 시험을 보았는데 톱이었다. 사촌은 열심히 공부를 했고 나는 놀았다. 곧 큰형네로 거처를 옮겼다. 학원 간다고 나와서 여기저기 떠돌았다. 남산 벤치에서 온종일 볕바라기 하는 게 제일 좋았다.

그때 가난이 무엇인지 알게 되었다. 선친의 사업이 망했다는 사실은 내 주머니에 돈이 없다는 구체적 사실로 나타났다. 버스값도 점심값도 없는 날이 많았다. 큰형은 신혼이었고 신혼집에 더부살이하는 것에 눈치가 보여 돈 달라는 말을 하는 게 힘들었다.

지방으로 떠돌던 부모가 서울 변두리에 자리를 잡았다. 구멍가게가 달린 단칸방이었다. 부모는 신혼을 단칸방으로 시작했는데, 그때로 되돌아온 것이다. 동생은 마산에 남았다. 전교 1등을 내내 하여 학교에서 붙잡았다. 장학금까지 준다니 없는 살림에 그게 낫다고 판단했다. 외가에서 방을 내어주었다. 사업이 망하여 가족이 도망한 고향에서 버텨야 했던 동생의 가슴에 큰 그림자가 남았을 것이다. 가족 모두에게 힘든 시절이었다.

선친의 사업이 여전히 번창했으면 나는 '먹고 한량'으로 평생을 살았을 수도 있다. 주변을 둘러보면 별다른 직업 없이 빈둥빈둥 사는 이들이 의외로 많다. 물려받은 재산이 넉넉하면 그들처럼 대충 사는 것도 나쁘지는 않다. 본전만 안 까먹으면 된다.

서울시에서 효자상을 받았다고 자랑하는 사람이 있었다. 병상의 어머니를 지극정성으로 모신다고 했다. 24시간 내내 붙어서 직접 간병을 한다니 대단한 효자인 것이 맞았다. 문득 의문이 들어 질문을 했다.

"직장에는 안 나가나요?"

효자는 건물주였다. 돈이 있어야 효자상도 받을 수 있겠구나 하며 웃고 말았다.

물려받은 재산도 없고 특별난 재능도 없는 데다 보통의 머리를 가지고 있으면 어떻게 먹고살 것인지 진지하게 고민을 할 수밖에 없다. 선친의 사업이 망하여 집안이 가난해졌을 때에야 나는 그 고민을 시작했다. 남산 벤치에 우두커니 앉아 빌딩 사이로 떨어지는 노을을 보며 힘들고 서글픈 삶이 내 앞에 놓여 있다는 공포를 떨치기 위한 고민이었다.

내게 뉴저널리즘이 다가왔다

문자 중독에 빠진 나는 재수를 할 때에도 손에 집히는 책은 아무것이나 읽었다. 책은 굳이 사서 읽지 않아도 된다. 어느 집에서든 눈을 돌리면 온갖 곳에 책이 있다. 책 없는 집을 본 적이 있는가. 한국인은 책 인심이 좋다. 버려져 있는 것처럼 보이는 책을 들고 "이거 재미나겠다" 한마디만 하면 된다. "가져가"가 자동이다. 그렇게 얻어 읽은 책 중에 커뮤니케이션 이론에 관한 것이 있었다.

저자의 이름은 기억하지 못한다. 연세대 교수였던 것만 기억한다. 200페이지 남짓한 책이었다. 그 책에 뉴저널리즘을 소개하고 있었다. 1960년대에 미국에서 발생한 언론 사조이다. 대충 이런 내용이다. (기억나는 대로 쓴다. 뉴저널리즘에 대해 찾아보고 정리해 쓰는 것은 바르지 않다. 내 머리에서 왜곡되고 편집된 것이라 하여도 그것이 내 삶의 동력으로 작동한 것이기 때문이다.)

보도문은 객관적일 수 없다. 보도문을 작성하는 기자가 기사의 소재를 취사선택할 때부터 주관이 간섭한다. 보도문을 작성할 때도 기자의 정치적 성향과 학력, 종교, 출신지 등이 개입할 수밖에 없다. 가령, 경찰서 출입을 하는 기자가 있다고 상상해보자. 하룻밤 사이에 일어나는 여러 사건을 다 보도할 수는 없다. 그중에서 선택을 할 것인데, 선택 그 자체에 주관적 판단이 개입할 수밖에 없다. 기사를 쓸 때 기자는 사건에 대한 평가를 하게 된다. 기자의 정치적 성향과 학력, 종교, 출신지 등에 따라 기사의 방향이 달라질 수 있다. 보도문이 객관적일 수 없다. 사정이 이러하면, 보도문은 오히려 주관성을 드러내는 방식으로 작성하는 것이 바르다는 게 뉴저널리즘의 생각이다.

나는 이 책을 읽으며 환호했다. 내가 할 일이다. 내게는 문학적 재능은 없다. 그런데, 문학은 하고 싶다. 뉴저널리즘이면 문학적 보도문을 쓸 수도 있겠다. 대학에 갈 이유가 생겼고, 무엇을 전공할지도 정해졌다.

1981년 중앙대학교 정경대학 법정계열에 입학했다. 법정계열에 정치외교학과와 신문방송학과가 있었다. 뉴저널리즘으로 한 시대를 풍미할 언론인이 될 것이라는 꿈을 꾸었다. 연못 가운데에서 지구를 감싸고 있는 청룡이 내 꿈에 응원의 입김을 불어넣는 듯했다.

입학 첫날에 신입생 오리엔테이션을 했다. 법정계열 교수진이 소개된 후 학생은 자신의 궁금증을 해소해줄 교수를 찾아가 대담을 하는 방식으로 진행되었다. 교수가 가운데에 앉고 학생들이 둥글게 원을 이루어 앉았다. 나는 미국에서 공부를 한 교수에게 갔다.

서먹한 분위기였다. 다들 멈칫거리고 있기에 내가 먼저

용기를 내어 질문을 했다.

"교수님, 미국에는 뉴저널리즘이란 게 있다던데, 한국은 언제쯤 미국처럼 될까요?"

교수는 나를 빤히 바라보았다. '공부를 좀 하고 왔네' 하는 표정이었다. 이어 단호하게 말하였다.

"한국은 안 돼. 한국의 언론 풍토가 권위적이라 뉴저널리즘 같은 게 들어오지 못해."

그러고는 한국 언론 환경에 대해 여러 말을 했는데, 내 귀에는 "한국은 안 돼" 하는 소리만 맴돌 뿐이었다.

1981년은 전두환이 대통령일 때이다. 군사독재 권력은 언론을 완전히 장악하고 있었다. 보도지침을 내려 보도 방향을 강제하고 문장 하나하나 검열하던 시대였다. 언론의 자유조차 없던 시절에 미국의 뉴저널리즘 운운하는 신입생이니 얼마나 한심해 보였을까도 싶다.

교수는 교수이고, 당시의 언론은 언론이고, 나는 뉴저널리즘의 정신을 포기한 적이 없다. 내가 쓰는 모든 글은 뉴저널리즘의 정신을 따르고 있다. '객관성의 신화 속에 숨지 마라'라는 게 내 글쓰기의 원칙이다. '나는 객관적일 수 없다. 그러니 주관적으로 글을 쓰라'가 행동 준칙이다.

이 책의 4장 '손을 놓았다. 깨지고 휘둘렸다'의 글 〈'나'를 지키기 위해 연재를 끊다〉 〈좋은 게 좋은 것이 아니다〉의 내용은 나만의 뉴저널리즘적 글쓰기와 관련된 것이다. 여기서 건너뛰어 4장의 두 글을 이어서 읽으면 내 글쓰기의 원칙과 행동 준칙을 이해하는 데에 도움이 될 것이다.

무대 공포와의 싸움

사람들이 나를 '방송 체질'이라고 말한다. 생방송임에도 대본 없이 말을 청산유수로 한다고 칭찬한다. 내가 얼마나 긴장을 하면서 그 일을 하는지 사람들은 모른다. 터질 것 같은 내 심장을 보여줄 수도 없고.

나만 그런 것이 아니다. 방송이 체질인 사람을 나는 보지 못했다. 수십 년 경력의 방송 베테랑도 대기실에서 다리를 달달 떤다. 카메라가 돌아도 긴장 상태인 것은 여전하다. 책상 밑에서 손가락을 꼬물거리고 고개를 살짝살짝 흔들며 긴장을 속인다.

내 경험으로는, 방송 체질로 보이는 사람이 수줍음을

더 탄다. 카메라 밖에서는 눈을 마주치는 것도 부담스러워한다. 길거리에서 연예인을 만났는데 시선을 피하면 사인을 해달라거나 사진 찍어달라는 것이 귀찮아서 그럴수도 있지만 부끄러워서 그럴 수도 있다. 무대에서 청중을 휘어잡던 가수가 무대에서 내려오면 그렇게 내성적일수가 없다. 소감을 물으면 이런다.

"긴장을 해서 심장이 터질 것 같았어요."

나는 어릴 적에 내성적이라는 소리를 듣고 살았다. 부끄러움을 심하게 타고 말수가 적었다. 목소리는 작고 발표력이 부족했다. 줄반장이라도 시킬까 봐 겁을 내었다. 나는 소심한 내가 창피했다. 사람들 앞에서 당당히 말하고 노래하고 춤추는 친구들이 마냥 부러웠다.

'방송 체질' 황교익은 그러면 성격을 고친 것인가 하면, 그렇지는 않다. 여느 내성적 연예인이 버티듯 나도 버틴다. 벌렁벌렁한 가슴과 달달 떨리는 다리를 달래며 방송을 한다. 너무 긴장했을 때는 내가 뭔 말을 했는지 기억도나지 않는다.

그럼에도 달라진 것은 분명하다. 어릴 적의 황교익을 방송에 내보내면 아무 말도 못 하고 얼굴이 벌게져 있다가 내려왔을 것이다. 강연장에서도 더듬더듬 원고 보고 읽다가 그만하라는 핀잔을 듣고 내려왔을 것이다. 달라지기는 달라졌는데 무엇이 달라졌냐 하면, 버티는 힘이 달라졌다. 소심한 내성적 성격임에도 사람들의 시선을 이겨낼 수 있는 힘이 생겼다. 결정적인 사건이 있었다. 연극이다.

중앙대 신문방송학과에 극회가 있었다. (지금도 있다. 극단 이름이 '또아리'이다. 대학 연극집단 중에 꽤 유명하다.) 1년에 한두 차례 연극을 올렸다. 나는 고등학교 때에 추송웅의 〈빨간 피터의 고백〉을 본 것이 유일한 연극 관람 경험이었다. 무대 위의 추송웅이 나와는 아주 먼먼 거리에 존재하는 특별난 인간으로 보였다. 소심하고 내성적인 나와 연극 무대는 어울리지 않았다. 그래서 극회에 들어갔다. 나와 어울리지 않는 일을 해봐야겠다는 모험심이 나를 극회로 이끌었다.

대학로 연극을 보러 다녔다. 무대에서 내뿜는 배우들의 힘은 상상 이상이었다. 그들처럼 할 수 있는지 흉내를 내고 싶었다. 교내에 루이스홀이라는 공연장이 있다. 아무도 없을 때 들어가 무대에 섰다. 빈 객석임에도 가슴이 크게 울렁거렸다. 소리를 내어보았다.

"황교익입니다."

목소리가 달달 떨리고 있었다. 객석에서는 들릴 것 같
지도 않았다.

"황교익입니다."

소리를 키웠다. 마찬가지였다. 무대에 한참을 앉아 있
었다. 나는 도저히 무대 체질이 아니라고 판단했다. 사투
리를 교정할 자신도 없었다. 극회에서 배우를 하겠다는
소리는 차마 할 수가 없었다.

연출부에 들어갔다. 연극 이론과 희곡을 읽었다. 내친
김에 희곡을 썼다. 절반 정도 완성을 하고 친구에게 보여
주었다. 평가는 냉혹했다.

"학예회 하냐?"

덮었다. 우연히 아돌 후가드의 국내 미공연 연극 희곡
이 손에 들어왔다. 두 명의 배우가 두 시간 반 동안 무대
위에서 버텨내어야 하는 대작이었다. 배우에게 보여주었
다. 해보자고 했다.

비전공 대학생이 도저히 소화해낼 수 없는 작품이었다.
일단, 내 연출력으로는 희곡에 숨어 있는 표현을 섬세하

게 잡아낼 수가 없었다. 배우의 연기력과 체력도 부족했다. 연극을 무대에 올리고 난 다음에 배역의 성격을 수정하기도 했다. 얼마나 허술한 연출이었는지.

자의식 과잉

연출을 하며 나는 무대 공포를 확실히 줄였다. 내가 무대에 올라가지 않았음에도 그랬다. 이때 내가 크게 변하였음을 한참 지나고 난 다음에 깨달았다.

연출은 희곡을 외워야 한다. 나는 희곡을 들고 혼자서 1인 2역의 연기를 했다. 감정을 실어 중얼중얼 외며 다녔다. 배우가 무대에서 연기를 할 때 연출은 배우의 감정을 자신의 것으로 만들어 속으로 대사를 함께 뱉는다. 무대 위의 두 배우가 나처럼 여겨졌다. 배우가 웃으면 웃고 배우가 울면 울었다. 배우는 희곡 속의 인물이 되어 무대에 있었고, 연출인 나는 배우가 연기하는 희곡 속의 인물이 되어 무대 뒤에서 웃고 울었다. 내 안에 다른 누군가를 살게 하는 게 연극이다.

사람들 앞에 잘 나서지 못하는 까닭은 사람들이 자신을 싫어할 것이라고 지레짐작하기 때문이다. 이런 상태를 흔히 자의식 과잉이라고 한다. 어릴 때 미움을 받았던 기억이 무의식에 강하게 박혀 있으면 자의식 과잉이 될 가능성이 높다. 찌질이로 어린 시절을 보낸 나 역시 자의식 과잉 상태에 있었다.

칭찬은 고래도 춤추게 한다. 자의식 과잉에서 벗어나게 하는 방법으로 칭찬만 한 것이 없다. 자의식 과잉의 인간은 칭찬받을 기회를 스스로 만들지 못한다는 것이 문제이다. 칭찬을 기다리지 말고 스스로 자의식 과잉의 껍데기를 깨고 나와야 한다.

〈알쓸신잡〉에 함께 출연한 장동선 박사는 뇌과학이 전공이다. 방송 전에 나는 그의 책《뇌 속에 또 다른 뇌가 있다》를 읽고 제작진에게 그의 출연을 적극 추천했다. 인간의 뇌가 모방이나 교류 정도가 아니라 타인의 뇌와 공명 혹은 복사를 한다는 과학적 사실이 그의 입을 통해 전달된다면 더없이 훌륭할 것이라고 생각했다.

방송이었는지 사석이었는지 모르겠는데, 장 박사에게 이렇게 물은 적이 있다.

"연주자가 합주를 할 때 코드 진행을 대충 정하기는 하지만 자기의 악기로 제각각 연주하잖아요. 기타를 저렇게 치니 내가 드럼을 이렇게 치겠다 하고 뇌에서 판단을 하기까지 시간이 얼마나 걸릴까요?"

장 박사의 대답이 놀라웠다.

"제로입니다. 동시에 진행됩니다."

인간의 감정은 단독자로 존재하지 않는다. 어떤 식으로든 타인의 감정과 엉킨다. 방에 혼자 있으니 지금의 내 감정은 오롯이 내가 만든 것이라고 생각하는가. 이 책을 읽고 있다면 행간에서 황교익의 감정과 부딪히게 되어 있다. 여러분과 나는 이 책 안에서 감정의 공명 혹은 복사를 경험하고 있다. 텔레비전을 보고 있는가. 화면 속의 누군가가 여러분과 함께 울고 웃는다. 음악을 듣고 있는가. 가수와 연주자가 여러분과 함께 울고 웃는다. 책도 음악도 텔레비전도 없이 혼자 있는가. 당신의 머릿속에 저장된 누군가와 함께 울고 웃는다. 인간의 뇌는 사회적 뇌이다. 단독자의 뇌라는 것은 없다.

대학에서 연극을 할 때 이런 생각까지 한 것은 아니다. 오랜 세월이 지나 뇌과학책을 읽으며 그때 연극을 하는 동안 내 뇌에서 어떤 일이 벌어졌는지 깨닫게 되었다. 연극은 희곡에 등장하는 타인의 감정을 내 감정으로 받아들여 이를 다시 타인에게 감정의 공명을 일으키게 하는 예술이다. 나는 무대 뒤에서 커튼 사이로 관객의 표정을 관찰했다. 배우와 나, 그리고 관객이 똑같은 감정 상태에 있음을 그 컴컴한 커튼 뒤에서 확인하며 강렬한 희열을 느꼈다.

연극 이후에 내가 어떻게 달라졌느냐 하면, 상대방의 표현에 내가 적극적으로 반응을 하게 되었다. 이를 리액션이라고 한다. 액션보다 리액션이 중요하다는 말을 흔히 들었을 것이다. 배우가 대사를 치지 않는다고 가만히 있는 것이 아니다. 상대 배역의 대사에 따라 리액션을 한다. 우리의 일상도 똑같다. 우리도 끝없이 리액션을 한다. 자의식 과잉 상태의 인간에게 문제가 되는 것은 액션이 아니라 이 리액션이다. 자의식 과잉을 다른 말로 표현하면 타인의 표현을 받아들일 준비가 안 되어 있는 상태를 말한다.

연극 연출을 하며 나는 타인의 말에 리액션을 하는 버릇을 몸에 붙였다. 이건 내가 의식하여 만든 것이 아니다. 1년 가까이 배우와 함께했던 액션-리액션 연습, 그리고 공연장에서의 배우와 나, 관객의 액션-리액션 경험이 나를 변화시켰다. 현재의 내 감정은 나의 것이 아니다. 나와 함께 있는 여러 사람의 감정을 공유할 뿐이다. 나의 뇌는 믿지 못한다 하여도 내 앞에 있는 타인의 뇌는 믿을 만하지 않은가. 내 뇌를 그들에게 맡겨라. 내가 무대 공포를 견뎌내는 힘은 타인에게서 온다.

자의식 과잉 상태에서 벗어나는 방법은 다양하게 있을 것이다. 연극은 내가 경험한 하나의 방법일 뿐이다. 연극처럼 상대방의 표현에 리액션을 할 수 있는 기회는 얼마든지 있다. 취미가 같은 사람들끼리 모여 떠들어대는 것만으로도 리액션 능력을 키울 수 있다. 춤도 좋고 연주도 좋다. 그 어떤 것이든 함께 즐길 거리를 찾아 어울리면 된다. 나의 뇌가 아니라 타인의 뇌를 믿으며 함께 즐겨보라. 자의식 과잉 따위 어렵지 않게 사라질 것이다.

나를 억지로 밀어 넣다

학점 따는 공부는 재미가 없었다. 내가 하고 싶은 공부만 했다. 철학과나 생물학과 강의가 더 재미있었다. 물론 노는 게 제일 재미났다. 그렇게 후딱 대학 4년이 흘렀다. 졸업할 때가 되자 다들 취업 공부를 했다. 대학이 토익과 토플 시험을 위한 영어 학원 같았다.

기업체에 취직할 계획은 없었다. 영화아카데미에 입학한 동기가 둘 있었는데, 그들처럼 영화를 해볼까 하는 생각도 했다. 이제 곧 사회에 나가야 하는데 어떻게 먹고살 것인지 구체적으로 정한 것이 없었다. 불안했다.

대학을 마무리하는 무엇인가를 하고 싶었다. 공부는 대충 했어도 흔적은 남기고 싶었다. 마침 대학원에 간 동기가 〈정경논집〉 편집위원으로 있었다. 중앙대학교 정경대학에서 발행하는 논집이었는데, 교수나 석박사 과정에 있는 대학원생의 논문을 게재했다. 농담 삼아 동기에게 "거기 논문 하나 써볼까?" 했다. 그는 진담으로 받아들이고 마감 날짜까지 박아버렸다.

당시 대학은 민주항쟁으로 뜨거울 때였다. 죽거나 다치

고 감옥에 가는 학우들을 보았다. 나는 벽돌을 깨어 던지기는 했어도 어떤 운동권 조직에도 들어가지 않았다. 그들의 말이 가슴에 와닿지 않았다. 그럼에도 시대에 등을 돌리고 있지는 않았다. 당시 청년이면 누구든 가슴속에 불덩이 하나씩은 박혀 있었다.

논문 주제를 민중미술로 정했다. 당시에 미술은 정치적 선전 도구였다. 시위 현장에 걸개그림이 걸렸고, 민중미술을 표방한 전시회가 정부의 탄압 속에 열렸다. 편집위원은 반겼다. 문제는 내가 이를 소화할 수 있는가 하는 것인데, 일단 말을 뱉었으니 내달렸다.

그림을 잘 그리지 못하지만 미술에는 예전부터 관심이 있었다. 미대 친구들과도 어울렸다. 막걸릿집에 앉으면 미술이 시대의 아픔을 담고 민중을 이끌 수 있는지에 대한 토론이 벌어졌다. 서로 비판이 날카로웠고 싸움으로 번지기도 했다. 인간의 모든 행위가 군부독재에 맞서는 민주투쟁처럼 보여야만 하던 시절이었다.

그 무렵 읽은 책 중에 《창비전집》이 있었다. 계간지인 《창작과비평》을 묶은 것이었는데, 시커먼 하드커버에 30여 권이 되었다. 이를 통으로 읽었다. 그 안에 아르놀트 하우저의 《문학과 예술의 사회사》가 일부 번역되어 실려 있었다. 예술을 인간의 개별적 작업으로만 보아왔던 내게 커다란 충격을 주었다. 아르놀트 하우저에 푹 빠져버렸고, 한국의 예술도 그의 시각으로 볼 필요가 있겠다고 느꼈다.

1980년대 민중미술은 번창했으나 미술계는 이를 이론화하여 문건으로 제작할 수준에까지는 이르지 못하고 있었다. 일단은 민중미술 전시회 팸플릿을 모았다. 독자 여러분은 미술 전시회 팸플릿을 읽어본 적이 있는가. 한국어로 된 가장 난해한 문장을 꼽으라 하면 미술 전시회 팸플릿의 문장을 들 수 있다. 온갖 철학적 개념어로 도배되어 있다. 문장은 영어나 일본어로 된 문장을 직역한 듯이 꼬여 있다. 민중미술인데 그 길을 여는 글이 반민중적이었다. 민중미술을 하는 작가를 만나 인터뷰를 했다. 그들은 그게 인터뷰인 줄 몰랐을 것이다. 민중, 민주, 반미, 파쇼, 해방, 투쟁. 그들은 투사였다.

원고지를 안고 몇 날 밤을 새웠다. 무엇보다도 그들의 난해한 문장이 내 머리에 들어오지를 않았다. 그럼에도 써내려갔다. 한 문장 한 문장 곱씹으며 썼다. 마감에 맞추어 넘겼다. 원고를 읽은 편집위원 친구는 아무 평가를 하지 않았다. 낯선 단어의 연결이었기 때문일 것이라 짐작했다. 〈정경논집〉이 인쇄되고 난 다음에 그는 이렇게 말했다.

"우리 책에 민중미술을 다루었다는 것만으로 충분히 의미가 있어."

민중미술 원고 작업을 하며 미술기자가 되면 어떨까 싶었다. 어떻게 먹고살 것인지 그 직업을 구체적으로 떠올린 것은 그때가 처음이었다. 일간지에는 미술기자가 없었다. 문화부 기자가 여러 분야의 기사를 두루 썼다. 당시에 미술잡지는 2종이 있었다. 그중에 인사동의 한 화랑에서 발행하는 미술잡지가 권위를 인정받고 있었다. 마침 신입 기자 모집 공고가 있어 원서를 내었다.

1차 서류 전형으로 뽑은 인원이 수십 명 되었다. 나 이외에 전부 미술대 출신이었다. 2차는 필기시험이었다. 주제 하나를 주고 서술을 하게 했다. 이 시험에도 붙었다. 최종 면접에 두 명이 남았다. 홍익대 서양화과 출신 한 명과 중앙대 신문방송학과 출신 한 명.

면접관은 내게 이런 류의 질문을 반복해서 던졌다.

"미술을 얼마나 아느냐?"

"그림을 그리느냐?"

미술 전공자도 아니면서 어떻게 미술기자를 하겠다고 나섰느냐는 질문이었다. "아르놀트 하우저의 전공이 무엇이라고 생각하세요?" 하고 되받아치려다가 참았다. 한옥의 화랑을 나서며 속으로 이랬다.

'그들끼리의 리그에 끼이지 말라는 것이구나.'

내 예측은 맞았고, 나는 최종에서 탈락했다.

그때 내가 미술기자로 입사를 했으면 지금 나는 미술평론을 하고 있을 것이라고 확신한다. 미술 세상이 지금도 내게는 가장 흥미롭기 때문이다. 미술이 쉽게 이해되는 것이었으면 나는 흥미를 가지지 못했을 것이다. 내 능력으로는 감당해내지 못할 것 같은 영역이어서 흥미로운 것이다. 이를 도전 정신이라 포장할 수도 있는데, 어떨 때는 내가 철이 없다는 생각도 한다. 단지 내 능력으로는 감당이 안 되는 일을 해내려고 덤비는 철없음이 내 삶의 동력 중의 하나임은 분명하다.

3장
맛칼럼니스트의
탄생

"자신이 하는 일에 대해 그 성격을 분명히 해야 그 일에 대한 집중도가 좋
아진다."

교과서에 답이 있다

졸업을 하고 출판사에 취직했다. 어떻게 먹고살 것인지 고민하여 생각해낸 두 번째 직업이었다. 책 읽기를 좋아하니 책 만드는 일이 내게 맞을 것이라고 판단했다. 역사가 깊고 규모도 있는 출판사였다. 월급은 적었다. 그런 게 내게는 중요하지 않았다. 편집자의 능력을 갖추기에 괜찮은 직장으로 보였다.

그 당시 직장에서 책 편집은 교열 작업이 90%였다. 책상에 앉아 문장을 파는 게 일의 대부분이다. 지루한 작업이다. 이를 버텨야 다음이 있음은 잘 알고 있었다. 시작했으니 끝을 보아야 했다.

편집부 선배들의 능력은 탁월했다. 비문을 손보면서도 저자의 글맛을 살릴 줄을 알았다. 나는 이게 맞는 문장인지 틀린 문장인지 분간도 되지 않았다. 선배들이 정리해놓은 교열 용례집이 있었다. 실전용으로 더없이 훌륭했다. 그러나 이를 들여다보며 용례만 머리에 넣어서는 실력이 늘 것 같지가 않았다. 문법적 오류가 없는 문장에 대한 공부가 따로 필요했다.

광화문의 교보문고에 갔다. 문장력을 키워주는 책이 여럿 있었다. 그것보다는, 근본부터 다시 공부하는 게 맞다고 보았다. 교과서가 진열되어 있었다. 거기에 국어문법 교과서가 보였다. 고등학교 국어문법 교과서. 고등학교 다닐 때 한 번도 펼쳐보지 않았던 책이다. 선생님은 이렇게 말했었다.

"예비고사 국어 문제에 문법이 한두 문제 나와요. 겨우 그 점수를 따겠다고 이 책을 볼 필요는 없겠지요?"

여러분이라고 다르게 공부하지 않았을 것이다. 국어문법이란 책이 있는 줄도 모르는 고등학생도 있다.

어려웠다. 세상에, 이해가 되지 않았다. 문법 용어부터 낯설었다. 영어 문법은 과외를 할 정도로 능통한 내가 국어 문법은 까막눈이었다. 이를 어쩌나 고민을 하다가, 중학교 국어 문법 교과서도 있다는 것을 알았다. 이 책을 샀다. 대학까지 졸업한 출판사 편집부 직원이 중학교 국어문법 교과서를 들고 문장 공부를 시작했다.

집에서 직장까지 버스로 한 시간이 걸렸다. 출퇴근을 하며 버스 안에서 중학교 국어문법 교과서를 읽었다. 하루에 두 시간, 사흘을 읽으면 되는 분량이었다. 한국어의 문장 구조는 어떻게 이루어지는지 감이 왔다. 다시 고등학교 국어문법 교과서를 들었다. 줄을 치며 외웠다. 학교에서도 하지 않았던 짓을 직장인이 되어 하고 있었다.

고등학교 국어문법 교과서에서 이해가 되지 않는 것이 많았다. 교보에 가니 참고서가 보였다. 고등학교 국어문법 참고서가 있다니. 정말 대단한 책이었다. 국어문법과 관련한 여러 이론까지 설명하고 있었다. 여기까지 공부하는 데에 6개월이 걸렸다. 출퇴근 시간 외에 집에서 공부를 한 것까지 포함하면 하루에 네댓 시간은 했다.

이 정도 공부를 하고 나면 병이 난다. 나는 이를 '만사교열병'이라 부른다. 눈에 보이는 모든 문자에 오류가 없는지 따지고 있는 자신을 발견하게 된다. 길거리 간판과 텔레비전 자막도 그냥 넘기지 못한다. 속에 신물이 넘어올 정도로 오류에 민감해진다. 책을 읽어도 내용이 들어오지 않는다. 오류를 발견하려는 눈만 번뜩인다. 이 만사교열병은 3년 정도 지속되었다. 정말 괴로운 시간이었다.

좋은 문장

좋은 문장이란 문법적 오류가 발견되지 않는 문장만을 뜻하지 않는다. 그렇다고 문학적 아름다움을 느끼게 해주는 문장에 대한 공부가 내게 필요한 것이 아니었다. 간결하게 자신의 뜻을 잘 펼쳐내는 문장을 익혀야 했다. 역시 교과서가 답이었다. 고등학교 국어 교과서이다.

고등학교 국어 교과서는 모범적 한국어 문장을 모아놓은 책이다. 한국어로 글을 쓰려면 국어 교과서에 실린 대로 쓰는 게 가장 좋다고 국어학 연구자들이 편집을 해놓았다고 볼 수 있다. 나는 국어 교과서에 실린 문장에 한줄 한줄 줄을 치며 읽었다. 아니, 외웠다고 하는 것이 바르다.

출판사 입사 이후 1년간 교과서를 붙잡고 문장 공부를 했다. 직장에서의 교열 작업은 내 문장 공부를 확장하는 데에 도움을 주었다. 편집부 선배들은 공부 열심히 하는 후배라며 나를 아끼었다. 그러나 나는 그 직장이 마음에 들지 않았다. 1년이 조금 넘어 사표를 내었다. 내게 섭섭하다며 화를 내었던 편집장의 얼굴이 가슴에 남아 있다. 나를 열심히 가르쳤던 분들이다. 그 어떤 질문에도 토론을 해주었다. 내 후배들을 그때의 선배들처럼 가르치는 것으로 선배들에 대한 고마움을 잊지 않으려고 한다.

나의 본격적인 문장 공부는 교열 작업에서 비롯했다. 나는 이를 큰 복으로 여긴다. 문법적 오류를 범하지 않는 게 글쓰기에서 가장 중요하기 때문이다. 문법적 오류가 없어야 문장이 매끈해지며, 문장이 매끈해야 독자가 글의 내용에 집중할 수 있다. 설득력 있는 문장과 아름다운 문장은 그다음에 이루어야 할 과제이다.

나는 글쟁이 후배들에게 내 공부 방식을 적극적으로 추천하고 있다. 고등학교 국어문법 교과서부터 보라고 권한다. 어려우면 중학교 국어문법 교과서를 보라고 한다. 내가 권하는 대로 하는 후배는 가뭄에 콩 나듯 귀하다. 내 경험으로는, 1년이면 된다. 1년으로 평생 글쓰기의 기본을 다질 수 있다. 장담하건대, 글쓰기 교실 10년 나가는 것보다 낫다.

문법적 오류에 대한 공부란 단지 한글맞춤법 규정의 위반 여부를 따지는 것은 아니다. 문장을 구성하는 낱말들이 적절한 형태로 무리 없이 배치되어 있는지 논리적으로 따지는 공부이다. 글을 쓰면서 "거기에 그것이 꼭 있어야 돼?" 하는 질문을 던지고 그 질문에 대한 답을 논리적으로 얻어내는 일이다.

이해하기 쉽게, 문장 말고 문장부호로 문법적 오류에 대한 공부가 어떠한 것인지 예를 들어보겠다. 이 책 4장의 제목은 '손을 놓았다. 깨지고 휘둘렸다'이다. 손을 놓았다 뒤에 마침표를 찍었다. 이 마침표가 이 자리에 꼭 있어야 할까? 주어부도 없는 짧은 두 문장으로 이루어진 제목의 문단인데, 앞 문장에 굳이 마침표를 찍어야 할까? 여러분 생각은 어떤가.

마침표를 종지부終止符라고 말한다. 문장이 끝나는 자리에 찍는다는 뜻이다. 뒤의 문장인 깨지고 휘둘렸다에도 종지부인 마침표를 찍어야 하는 것은 아닐까? 그러니까 '손을 놓았다. 깨지고 휘둘렸다.'가 되어야 하는 것은 아닐까?

마침표는 구획부區劃符로 해석할 수도 있다. 문장과 문장 사이를 구획 짓는 역할을 한다고 보는 것이다. 날짜나 시간을 표시할 때에 숫자 뒤에 찍는 점이 구획부이다. 그러면, '손을 놓았다. 깨지고 휘둘렸다'는 '손을 놓았다'와 '깨지고 휘둘렸다'는 두 문장을 구획하기 위해 중간에 마침표를 찍은 것일까? 겨우 두 문장이니 구획부는 없어도 되는 것은 아닐까?

나는 여기서 여러분에게 어떤 답을 유도하려는 것이 아니다. 정답이 있는 것도 아니다. 문법적 오류를 찾아가는 과정에서 거치게 되는 논리적 충돌이 어떤 양상을 보이게 될 것인지 한 예를 들어 설명할 뿐이다. 글쓰기 공부는 논리 공부이며, 집중적으로 1년 정도 글쓰기 공부를 하고 나면 세상이 달리 보인다.

국어사전과 맥락적 사고

한국인은 한국어가 모국어이다. 태어나면서부터 자연스럽게 한국어를 배운다. 글자를 몰라도 한국어로 의사소통하는 데에 문제가 없다. 그래서 사람들은 한국어를 잘 안다고 생각한다. 나도 잘 아는 줄 알았다. 사전을 읽기 전까지는.

학교 다니며 사전들을 샀을 것이다. 내가 학교 다닐 때에는 영어사전과 국어사전, 그리고 옥편이 기본이었다. 제2외국어를 공부하는 학생은 일본어사전, 불어사전 등도 샀다. 아직 책상에 그 사전들이 있으면 꺼내어보라. 영어사전은 너덜너덜할 것이다. 국어사전은 어떤가. 엊그제산 책 같을 것이다.

한국인은 국어사전을 보지 않는다. 한국어로 된 단어정도야 잘 안다고 생각하기 때문이다. 그렇지 않다. 잘 모른다. 문장해득력이 여느 국가에 비해 낮다는 평가가 있다. 그렇지 않다는 평가도 물론 있다. 이런 논쟁이 있다는 것 자체가 문해력에 문제가 있다는 뜻으로 해석해야 한다.

유네스코가 정의한 바에 따르면, 문해란 "다양한 내용에 대한 글과 출판물을 사용하여 정의, 이해, 해석, 창작, 의사소통, 계산 등을 할 수 있는 능력"이다. 맨 앞에 등장하는 '정의' 하나만 빼내어 물어보자. 여러분은 한글로 된 단어에 대해 한글로 그 개념을 정의하는 데에 모자람이 없는가.

2020년 7월 21일의 일이다. 정부가 8월 17일을 임시공휴일로 지정하여 8월 15일부터 17일까지 연휴가 되었다. 기사에 '사흘 연휴'라고 제목이 달렸다. 인터넷에서 3일간 쉬는데 왜 사흘이냐는 의문이 제기되었다. 사흘이 '4흘'이고 그래서 4일이라고 해석하는 이들이 많았다. 사흘이라는 단어를 모른다고 언론에서 난리가 났지만 내가 보기에는 심각한 일은 아니다. 사흘이라는 단어 하나를 배우면 되는 일이다. 문해력의 문제는 대체로 단어의 개념을 잘못 파악함으로써 발생한다.

여러분은 '전통'이라는 단어를 들으면 무엇부터 떠올리는가. 한옥, 한복, 한식 같은 조상들이 살고 입고 먹은 것들부터 상상할 것이다. 그것은 전통이 아니다. 한옥은 전통적 가옥이며, 한복은 전통적 의복, 한식은 전통적 음식이다. 전통이라는 단어는 구체적 사물을 지시하지 않는다. 전통의 개념은, 사전에 이렇게 쓰여 있다.

"어떤 집단이나 공동체에서, 지난날로부터 이어 내려오는 사상, 관습, 행동 따위의 양식, 또는 그것의 핵심을 이루는 정신."

전통이란 '양식과 정신'이다. 예를 들어 신선로를 전통음식이라 함은 신선로라는 음식 그 자체가 전통이라는 것이 아니라 신선로라는 음식을 조리하고 먹는 양식과 이를 즐기는 정신이 전통적 가치에 합치한다는 뜻이다.

여러분이 "무엇이 전통음식인가요?"라는 질문에 신선로, 된장찌개, 떡국, 김치 등의 음식을 곧장 떠올렸다면 즉물적 사고를 한 것이다. 즉물적 사고는 신선로, 된장찌개, 떡국, 김치 등을 전통음식, 그 이외의 음식은 외래음식으로 범주화한다. 즉물적 사고는 한번 전통음식으로 범주화한 음식에 대해 변형을 허용하지 않는다. 전통이 훼손된다고 생각하기 때문이다. 더 이상의 변화를 허용하지 않는 정신 상태를 고착이라 한다. 한국 전통문화 정책은 대체로 이 고착이라는 병을 앓고 있다.

"무엇이 전통음식인가요?"라는 질문을 받으면, 전통에

대한 개념에 따라 전통음식을 분류하는 것을 맥락적 사고라고 한다. 맥락적 사고는 음식 그 자체보다는 그 음식을 전통음식일 수 있게 하는 가치 요소를 찾아내는 데에 집중한다. 맥락적 사고는 전통을 고착에서 풀어놓는다. 창의적이며 융통성 있는 시각을 만들어준다.

맥락적 사고란 어떤 것인지 구체적인 예를 통해 설명해볼 필요가 있겠다. 국어사전에 나오는 전통의 개념에 따라 신선로의 가치 요소를 발라내고 흔히 외래음식으로 분류하는 부대찌개에 전통적 가치 요소를 적용하는 맥락적 사고를 시도해보겠다.

신선로는 찌개이다. 찌개는 우리 전통 조리 '양식' 중 하나이다. 고기와 채소를 넉넉한 물에 넣고 푹 끓여서 먹는 음식이 찌개이다. 그래서 신선로는, 그 그릇이 조선시대에 중국에서 온 것이라 하여도, 전통적 가치를 지닌 음식이다. 이 시각으로 부대찌개를 보자. 소시지나 햄 등의 재료는 서양에서 온 것이다. 서양에서는 소시지와 햄으로 국물 음식을 해 먹는 일이 거의 없다. 그들은 대체로 찌거나 구워 먹는다. 한국전쟁 이후 서양의 소시지와 햄이라는 고기가 한국인에게 주어졌다. 한국인은 여기에 채소를 더하여 넉넉하게 물을 붓고 끓였다. 부대찌개는 서양에서 들어온 재료를 이용하여 찌개라는 전통적 양식에 따라 조리한 음식이다. 특히 부대찌개는 찌개를 즐겨 먹어온 한국인의 전통적 미각에 더없이 잘 어울린다. 그러니 부대찌개를 한국 전통음식에 포함해도 무리가 없다.

한식 세계화 정책과 관련해 국회에서 재미난 논란이 벌어졌다. 커피 프랜차이즈 업체가 한식 세계화 정책 자금을 지원받은 것이 문제였다. 정부는 이런 대답으로 논란을 넘기려 했다.

"그 커피 프랜차이즈는 고구마라테를 판매합니다. 국산 고구마를 쓰고 있어 고구마라테에 지원한 것입니다."

치킨 프랜차이즈 업체도 한식 세계화 정책 자금을 지원받았다. 정부의 변명은 이랬다.

"양념치킨의 양념은 한국식 양념이고, 그래서 한식입니다."

이 논란에 내가 정답을 내놓지는 않겠다. 여러분의 생각은 어떤가. 이 논쟁에서 이기려면 해당하는 단어의 개념을 분명히 하고 따져 들어가야 한다. 한식 세계화 정책 사업이니 한식에 대한 개념부터 파악해야 한다. 그러니 한식, 즉 한국음식에 대한 사전적 개념을 알아야 한다. 그다음에 관련법에서는 한식을 어떻게 규정하고 있는지 법적·행정적 개념을 살펴야 한다. 그 개념을 무기로 논쟁해야 한다. 이처럼 대부분의 논쟁은 개념 논쟁이다. 국어사전은 우리가 사용하는 단어들의 개념을 정리해놓은 책이다.

나는 출판사를 다니며 국어사전을 통독했다. 소설 읽듯이 했다. 통독한다고 단어를 특별나게 많이 기억하게 되는 것은 아니다. 단어의 사전적 개념을 정리하는 과정에서 맥락적 사고를 할 수 있는 힘이 생겼다. 맥락적 사고를 하기 시작하면 즉물적 사고를 하는 사람들이 눈에 보인다. 국어사전을 가까이 두고 맥락적 사고를 할 수 있는 힘을 키워보라. 세상을 여느 사람들보다 한 칸 위에서 사는 느낌을 가지게 될 것이다.

참 좋았던 농민신문사

퇴직을 하니 여러 곳에서 일자리 제안이 들어왔다. 몇몇 곳을 기웃거리다 말았다. 당장의 호구지책이 필요했다. 농민신문사에서 교열기자를 뽑는다고 하여 시험을 보았다. 떨어졌다. 교열은 자신이 있었는데 떨어졌다는 것이 이해되지 않았다. 나중에 알고 보니 나보다 훨씬 경험이 많은 사람이 붙었다. 며칠 후에 농민신문사에서 연락이 와 함께 일할 생각이 없냐고 물었다. 한 사람이 더 필요했던 것이다. 농민신문사에 갈 생각이 없다고 잘랐다.

편집부장이 시내에서 따로 보자고 했다. 예의상 나갔다. 그는 내게 농민신문사의 장점을 조목조목 설명했다. 월급이 얼마이고 보너스가 몇 %이며 출산장려금에 자녀 장학금, 퇴직금이 얼마인지까지 구체적으로 알려주었다.

"이만한 직장을 찾는 게 쉽지 않아요. 업무 강도가 높지도 않아요. 이 기회를 놓치면 후회하게 될 겁니다."

그는 진심으로 나의 미래를 걱정해주고 있었다. 다음 날 전화를 드리겠다고 하고 헤어졌다. 시내를 걸었다. 내 꿈이 뭔지를 생각해보았다. 없었다. 당장에 필요한 것은 생계유지 수단이었다. 농민신문사에 가지 말아야 할 이유가 없었다. 속으로 결심을 했다.

'딱 2년만 다니자.'

결국은 12년을 다녔다. 농민신문사는 정말 좋은 직장이었다.

농민신문사 퇴직 이후 나는 여러 매체에서 "농민신문사는 정말 좋은 직장이었다. 월급도 많고 업무 강도가 높지 않았다"라고 말했다. 어느 날 농민신문사에서 전화가 왔다. 편집국장을 맡고 있던 선배였다.

"농민신문사 이야기는 하지 말아줘. 사람들이 오해를 해. 그동안에 사정이 많이 바뀌었어. 지금은 좋은 직장이 아냐."

그래서, 독자 여러분에게 오해하지 말라고 토를 단다. 내가 다녔을 때 내게는 너무 좋은 직장이었다. 지금의 농민신문사는 내가 잘 알지를 못한다.

농민신문사 12년은 현재의 나를 만들어주는 데 결정적 역할을 했다. 맛칼럼니스트가 될 수 있었던 것은 농민신문사가 있었기 때문이다. 내 의지대로 글을 쓸 수 있는 지면이 있었고, 내 글을 재미나게 읽어준 독자들이 있었다.

시내 커피숍에서 편집부장을 만나 그의 달콤한 제안을 듣지 않았더라면 지금의 나는 없다. 그럼에도 나이 마흔에 그 좋은 직장인 농민신문사를 나와버렸다. 뒤에 이 이야기를 자세히 하겠다.

이제부터 농민신문사 기자를 하며 어떻게 맛칼럼니스트라는 직업을 따로 만들어 자리를 잡아갔는지 자세하게 설명을 하려고 한다. 별스러운 이야기가 될 것이다. 황교익만의 이야기일 수도 있다. 그럼에도 '평생 직업'을 찾고 있는 여러분에게 참고가 될 만한 것이 많다.

교열기자에서 취재기자로

교열은 고도의 집중을 요구하는 일이다. 글자 있는 곳에 반드시 오자가 있다. 눈을 부라리고 일을 해야 한다. 비문도 바로잡아야 하고 숫자나 연도, 기호 등도 살펴야 한다. 내용상의 오류까지 발라낼 줄 알아야 교열기자로서의 자격을 갖추었다고 할 수 있다.

나는 농업에 대해 아는 것이 전혀 없었다. 농사를 지은 바도 없고 학교에서 농업에 대해 배운 적도 없었다. 농민 신문을 펼치니 낯선 농업 용어가 우르르 쏟아져 내 눈을 때렸다. 난감했다. 자료실에서 참고가 될 만한 책을 찾았다. 고등학교 농업 교과서가 있었다. 농업 용어는 이 책으로 익히면 될 듯했다. 그러나 농업 교과서는 기본밖에 가르쳐주지 않았다. 어느 분야이든 전문적인 영역으로 들어가면 실로 복잡하고 다양한 지식이 밤하늘의 별처럼 펼쳐진다. 나를 가장 난감하게 한 것은 축산이었다. 축산 전문가나 알 만한 영어 약자가 수시로 등장했다. 농촌진흥청에서 나온 수십 종의 기술서를 들고 용어를 익혔다. 농업 용어가 일상 용어로 보이기까지 2년 정도 걸렸다.

얼마 지나지 않아 출판국 발령을 받았다. 출판물의 교열 상태가 좋지 않아 이를 잡아야 한다는 것이었다. 신문에서 잡지로 매체만 바뀌었을 뿐이지 교열 업무는 같았다. 달라진 점은 매일 마감이 매달 마감으로 바뀌었다는 것이었다. 여유가 생겼다. 그러나 직장은 직원을 놀리는 법이 없다. 내게 취재를 해보라고 일을 맡겼다. 〈새농민〉에 실릴 기사였다.

증산왕 김연도 인터뷰 기사였다. 박정희 정부는 쌀 자

급률 100%를 국정 최고 목표로 삼았다. 다수확 품종인 통일벼를 보급했다. 쌀 증산을 독려하기 위해 해마다 단위면적당 생산량이 제일 많은 농민을 뽑아 상을 주었다. 그 상 이름이 '증산왕'이다. 아마도 김연도가 증산왕을 받은 것은 1970년대 말이었을 것이다. 아시아 최고의 수확량을 기록했고 여러 언론에서 대서특필했다. 그런데, 그 증산왕이 생선 장사를 하고 있었다. 쌀 증산 시대가 끝났음을 알리는 상징적 인물이었다.

대구에서 그를 만나 취재를 했다. '생선 장수로 변신한 증산왕'이라는 것 외에는 그다지 쓸 만한 내용이 없었다. 기사를 쓰며 밤을 꼬박 새웠다. 평소에 교열기자로서 취재기자에게 했던 말이 마음에 걸렸다.

"기사 좀 똑바로 써야 할 것 아냐."

내가 그 꼴을 당할 수 있다는 생각에 진땀이 났다.

원고를 넘겨받은 데스크가 내게 와서 이랬다.

"이거 페이지 늘려야겠다. 원고도 늘려봐."

기사가 나가고 반응은 놀라웠다. 인터넷이 없던 시절이라 독자 엽서를 통해 기사에 대한 반응을 파악했다. '증산왕 김연도' 기사가 단연 화제였다. 이후 나는 교열기자에서 취재기자로 서서히 변신했다. '교열 잘 보는 기자'에서 '기사 잘 쓰는 기자'로 바뀌었다.

교열기자 출신 중에 훌륭한 글쟁이도 있다. 그렇다고 모든 교열기자가 글을 잘 쓰는 것은 아니다. 글쓰기를 아예 두려워하는 교열기자도 있다. 교열 능력이 글쓰기에 도움을 줄 수는 있어도 글을 잘 쓰려면 따로 공부를 해야 한다.

내게 글쓰기를 가르쳐준 사람은 없다. 교열은 선배가 있었는데, 글쓰기는 선배가 없다. 내 글쓰기 선생은 다른 글쟁이의 글이었다. 좋은 글이 있으면 베껴 썼다. 〈한겨레〉 정운영 논설위원 글은 구성이 명료했다. 앞에서 짧은 예시로 관심을 끌고는 뒤에서 그 예시로 되치기를 하여 짜릿한 쾌감을 주었다. 그의 연재물인 〈전망대〉를 스크랩하여 베껴 썼다. 〈한겨레〉 고종석 기자의 글도 내 선생이었다. 그는 기사를 문학 작품처럼 썼다. 이런 식이었다.

"민중적 민족예술운동을 기치로 내걸고 지난해 12월 23일 출범한 한국민족예술인총연합이 근육을 꿈틀거리기 시작했다."(1989년 1월 26일 자 〈한겨레〉)

문화단체 동정 기사에 "근육이 꿈틀거리기 시작했다"

는 식의 문학적 표현을 하는 기자는 고종석이 유일했고 이후에도 보지 못했다. 몇 줄 안되는 스트레이트 기사에도 고종석은 특유의 글맛을 내었다. 김훈 작가의 글도 내 선생이었다. 1994년에 나온 《풍경과 상처》는 사실 나를 절망하게 했다. 내가 도저히 이르지 못할 한 경지를 그의 글에서 보았다. 베껴 쓰며, 감탄과 욕을 함께 했다.

타인의 글을 베껴 쓰다 보면 글에서 작가의 호흡을 느끼게 된다. 글을 읽을 때 느끼는 호흡과는 다르다. 이 대목에서는 내쉬고 저 대목에서는 들이마셨구나 하게 된다. 숨을 쉬면서 움직였을 작은 몸동작도 감지된다. 그 호흡이 내 호흡처럼 느껴질 때까지 글을 베껴 썼다. 나중에 내 호흡의 글이 만들어지겠지 하며.

나는 내 호흡에 맞추어 글을 쓴다, 고 여긴다. 그러나 눈 밝은 사람은 안다. 이 호흡은 김훈이고 저 호흡은 정운영임을 안다. 그분들만 있겠는가. 이외수도 있고 최인훈도 있고 김수영도 있고 이문열도 있다. 내가 글로 만났던 한국어 작가들의 호흡이 내 글에 있다.

글쓰기 공부에서 베껴 쓰기만큼 좋은 방법을 나는 알지 못한다. 지루하고 힘든 공부이기는 하다. 나는 원고지에다 베꼈다. 한 문장 읽고 한 문장 쓰는 식이었다. 대여섯 시간 이러고 있으면 신물이 넘어온다. 이렇게까지 해야 하나 의심이 들기도 한다. 버텨야 한다. 그분들은 생짜로 그 글을 썼는데 베껴 쓰는 게 무에 힘들다고 그러냐며 자신을 다그쳐야 한다. 자리에 앉으면 꼼짝을 않고 대여섯 시간 글쓰기에 집중할 수 있는 힘을 그때 얻었다.

한국의 '먹방'을 일본에서 미리 보다

농민신문사는 일본으로 직원 연수를 보냈다. 1주일 정도의 연수였다. 일본의 농업기관을 방문하고 농촌과 농산물 거래 현장을 두루 돌아본다. 내가 일본에 연수를 간 것이 1992년이었다. 태어나 처음으로 가는 해외여행이었다.

일본은 모든 게 신기했다. 가장 신기했던 것은 젊은 여자와 늙은 남자의 맞담배질이었다. 공원 주차장 버스 안이었다. 창밖을 보는데, 재떨이 앞에서 남녀가 담배를 피우고 있었다. 둘은 대화를 하고 있었다. 여자는 20대, 남자는 60대로 보였다. 당시 한국에서는 여자가 담배 피우는 것을 숨겼다. 적어도 남자 앞에서는 피우면 안 된다는 불문율 같은 것이 존재했다. 버스 안의 직장 동료들은 재떨이 앞의 남녀에 대해 여러 추측을 했다. 불륜일 것이라고 생각하는 사람들까지 있었다. 일본인 가이드가 이렇게 말했다.

"일본에서는 자식이 부모 앞에서 담배를 피웁니다. 부녀 관계로 보입니다."

일본 연수를 함께 간 동료들은 나와 나이가 비슷했다. 해외여행 경험도 대부분 나처럼 처음이었다. 요즘이야 학교 다닐 때부터 해외에 나다니지만 그때는 그러지 못했다. 대한민국은 1989년에 자국민의 해외여행을 자유화했고, 그 이전에는 외국에 나가는 것 자체가 어려웠다. 인터넷도 없을 때이다. 해외에서 무슨 일이 벌어지고 있는지 몰랐다. 해외 문화라는 것이 어떠한지 몰랐다.

호텔에서 일본 방송을 보았다. 온통 음식 방송이었다. 연예인들이 나와 온갖 음식을 요리하고 먹으며 호들갑을 떨었다. 나중에 한국에서 인기리에 방송된 〈결정! 맛대맛〉의 원본 일본판을 그때 보았다. 태국의 왕실에 들어가 그들의 음식을 맛보는 방송도 있었다. 그때 한국에서는

〈오늘의 요리〉 같은 요리 강습 방송을 하고 있었다. 일본인은 별나서 별짓을 다 한다고 생각했다.

서점에 갔다. 눈에 잘 보이도록 깔아놓은 것은 대부분이 음식책이었다. 음식잡지와 음식만화도 무수했다. 그 음식책들 앞에서 나는 한 선배의 말을 떠올렸다.

"한국의 문화는 일본을 쏙 빼닮았지. 일제강점기의 영향이 크지. 일본이 우리보다 잘살잖아. 일본과 한국의 문화 격차가 20년 정도 난다고 보면 돼. 지금의 일본은 20년 후의 한국이라 보면 되지."

아, 우리도 이리되겠구나!

선배는 문화라고 말했지만, 정확하게는 자본주의 상업 문화라고 해야 한다. 자본주의 사회는 발달 정도에 따라 지역이 달라도 유사한 상업 문화 현상을 보인다. 예를 들면 이런 것이다. 자본주의 발달로 중산층이 형성되면 그의 자식인 틴에이저의 주머니가 넉넉해지고, 이들의 주머니를 털기 위한 대중음악이 등장하게 된다. 미국 대중음악계에 아이돌이 나타났으면 곧 일본에도 아이돌이 나타나고 이어 한국에도 당연히 나타나게 되어 있다. 음식도 똑같다. 맥도날드의 진입 여부에 따라 한 국가의 자본주의화 정도를 짐작했던 것도 그 이유이다.

나는 일본의 서점에 우두커니 서서 이렇게 생각을 했다. '한국도 20년 후에 일본처럼 음식책을 읽고 음식 방송을 보며 열광할 것이다. 아니, 20년까지 걸리지 않을 수도 있다. 20년 격차라고 말하지만 벌써 10년 정도는 따라잡았을 수도 있다. 이거, 내가 해보면 어떨까. 음식 전문 기자가 되는 거야.'

당시에도 한국에는 음식 글을 쓰는 이들이 있기는 있었다. 가장 유명했던 분이 백파 홍성유 선생이다. 이분의 원래 직업은 소설가이다. 《장군의 아들》이 그의 작품이다. 언론사 논설위원, 대학 교수, 의사 등이 음식 글을 쓰기도 했다. 내용은 식당 소개였다. 어느 지역의 어느 식당에는 어떤 음식을 내는데 식당 주인의 성품이 어떠하며 카드는 불가하고 주차는 가능하다는, 그 정도의 글이었다. 나는 본격적인 음식 글쓰기를 하고 싶었다.

일본에서 돌아와 교보문고에 갔다. (광화문의 교보문고는 내 자료실이며 사색 공간이었다. 교보문고에 진열된 책을 훑어보는 것으로 한국인의 정신적 흐름을 파악할 수 있었다.) 내가 생각하는 본격적인 음식 비평서는 없었다. 며칠을 꿍꿍 앓았다. 내가 생각하는 음식 글쓰기라는 게 한국에서 가능한 일인지 그림이 잘 그려지지 않았다. 아무도 가지 않은 길인 것은 분명했다. 거창고 취업 십훈을 떠올렸다. 그래, 맞다. 이 길로 가자.

아침에 밥을 먹다가 아내에게 음식 전문 기자가 되겠다고 했다. 아내는 "세상에 그런 게 어디 있어?" 하며 비웃었다. 인사동에서 친구들을 만났다. 막걸리를 마시며 음식 전문 기자가 되겠다고 했다. 싸움이 벌어졌다. 한 친구가 끼니를 걱정하는 노동자들 앞에서 이게 맛있네, 저게 맛있네, 헛소리나 하겠다는 것이냐며 뺨을 때렸다. 그들은 내가 할 일을 아무리 설명해도 알아듣지 못했다. 대취하여 인사동 골목길을 비틀비틀 걸어나오며 속으로 이랬다.

'그래, 이 길로 가자.'

왜 주어진 일만 하지 않았는가

다시 말하지만, 농민신문사는 내게 너무 좋은 직장이었다. 무엇보다 경제적으로 안정된 삶을 보장해주었다. 업무에 큰 스트레스를 받지 않았다. 농협중앙회 직원은 농민신문사로 파견 나오는 것을 영전으로 여겼다. 그러면, 직장에서 시키는 일만 열심히 하고 살아도 된다. 다른 분들의 사정은 모르겠고, 나는 그게 싫었다.

노동자는 자신의 노동을 파는 것이 아니다. 노동의 가치는 시장에서 제각각 평가되는 것이고, 노동자가 파는 것은 궁극적으로 자신의 시간이다. 보통은 하루에 여덟 시간을 판다. 여덟 시간을 자니까, 깨어 있는 시간 중에 절반을 회사에 팔아 돈을 번다. 절반이 나만의 시간인 셈인데, 실제로는 꼭 그렇지가 않다. 퇴근 후에도 직장 일에서 벗어나기가 쉽지 않다. 회사의 일로 이런저런 생각을 하게 되어 있다. 자는 시간 빼고는 자신이 가지고 있는 거의 모든 시간을 팔아야 한다.

내 삶이란 곧 내 시간이다. 돈을 벌기 위해 젊은 날의 내 시간을 소모하는 게 아까웠다. 내가 하는 일이 내 적성에 맞다고 해도 직장에서의 시간은 나를 위한 시간으로는 볼 수가 없다. 직장에서 원하는 방식대로 내 시간을 써야 한다.

직장 생활을 시작한 지 얼마 되지 않았을 때이다. 퇴직을 앞둔 대선배가 내 책상 앞에 서서 물었다.

"힘들지?"

나는 아니라고 말하지 못했다. 업무 적응도 되지 않은 상태였다. "네"라고 대답했다. 대선배는 이렇게 말했다.

"당연히 힘들지. 힘들지도 않은 일에 월급을 주겠어? 즐기면서 돈도 버는 일은 이 세상에 없어."

냉혹하지만, 이게 노동의 진실이다.

인간이 자신의 시간을 팔게 된 것은 산업화 이후의 일이다. 산업화 이전의 인간은 대부분 농민이었다. 농민의 시간은 자연의 시간이다. 봄, 여름, 가을, 겨울 사계절의 변화에 따라 파종을 하고 잡초를 뽑고 곡물을 거둔다. 해가 뜨면 일하고 해가 지면 잔다. 노동은 있었어도 자신의 시간을 소모한다는 생각은 없었다.

산업사회의 노동자는 자신의 시간을 자본에 팔면서 자신의 삶을 잃었다. 노동자가 이 사실을 극적으로 깨닫는 시간이 있다. 정년퇴직을 할 때이다. 후배들이 박수로 격려를 하니 웃음을 보이지만 그 웃음을 벗기어내면 세상살이가 끝난 듯한 표정이 드러난다. 자신이 팔았던 시간은 회사에 남아 있는데 자신은 떠나야 하기 때문이다.

나 역시 노동자로 내 시간을 팔아야 하지만 내 삶 전체를 팔고 싶지는 않았다. 회사에 남겨놓은 시간 외에 나의 시간도 내 삶에 쌓이게 하고 싶었다. 이런 생각은 나만의 글쓰기에 대한 궁리로 구체화했다. 회사에서 밥벌이로 쓰는 글 말고 나만의 글을 쓸 수는 없을까.

농민신문사는 신문 외에 여러 잡지를 발간했다. 마침 도시와 농촌의 삶을 아우르는 잡지가 창간되었다. 창간부터 관여를 했다. 열심히 적극적으로 일을 했다. 직장에서 나만의 글쓰기를 시도하려면 적어도 직장에서 내 글이 인정을 받아야 하기 때문이었다. 내 글이 독자의 사랑을 받아 인기를 얻는 것이 제일 중요했다. 한 문장도 소홀히 하지 않았다. 독자의 반응이 좋았다. 팬이 생겼다. 그때 내 글을 보고 팬이 되었다는 분을 지금도 가끔 만난다.

나처럼, 회사에서 주어진 일 외에 자신만의 일을 꾸미는 사람들이 의외로 많다. 의도치 않게 직장에서 잘릴 수도 있으며 직장이 폐업을 할 수도 있으므로 이에 대비하기 위한 것이기도 하다. 이때 절대 업무에 소홀하면 안 된다. 더 열심히 해야 한다. 자신만의 일을 꾸미다가 직장일을 소홀히 하게 되면 직장 상사가 금방 눈치를 챈다. 나 역시 그런 경우를 많이 보았다. 이런 경우 자의반 타의반으로 퇴직을 하게 되어 있다.

직장에서 인정을 받자 주어진 일 외에 내가 하고 싶은 일을 할 수가 있게 되었다. 편집 회의를 주도하게 되고 데스크에 가서 내 주장을 할 수 있게 되었다. 나만의 글쓰기가 회사의 업무와 유기적으로 결합을 할 수 있는 아이템에 대해 모색을 하게 되었다. 그 아이템이 음식이었다.

마빈 해리스 선생을 만나다

1990년대 초의 출판 시장은 초라했다. 대중을 위한 인문학 서적은 거의 없었다. 음식 인문학이라는 영역은 아예 존재하지 않았다. 서가에서 발견할 수 있는 음식책은 조리학과와 가정학과 교재가 거의 전부였다. 그거라도 사다가 읽기 시작했다.

교재로 쓰이는 책 중에 이성우 한양대 조리학과 교수의 《한국요리문화사》가 단연 돋보였다. 1985년에 나온 저작물인데, 한국음식에 대한 자료 수집과 분석에서는 타의 추종을 불허했다. 조금만 쉽게 쓰였으면, 아니 교재 형식에서만 벗어났어도 한국 최초의 대중적인 음식 인문학 저작물로 인기를 얻었을 것이다. 이성우 교수의 다른 저작물과 논문을 마저 찾아서 꼼꼼하게 읽었다. 그냥 읽은 것이 아니다. 이성우 교수가 쪽지 시험을 볼 수도 있다는 상상을 하며 외웠다. 전문 기자 노릇을 하려면 자신이 전문으로 하는 영역의 것은 죄다 머릿속에 집어넣어야 한다.

기자를 나는 '아는 체하는 직업인'이라고 말한다. 한국 언론사는 기자를 한 부서에 오래 두지 않는다. 부서를 돌린다. 한 부서에서도 취재 분야가 다양하다. 취재 분야의 전문 지식을 알기는 아는데 얇게 안다. 전문가와 토론은 가능하다. 그런데 전문 기자는 달라야 한다. 전문가만큼 깊게 알아야 한다. 전문가 집단의 토론회에 가서 발제 정도는 해야 한다. 그러니 전공자의 서적으로 학점 따듯이 공부해야 한다.

전문 기자가 또 하나 챙겨야 할 것이 있다. 관점이다. 사물이나 현상을 대할 때에 기자가 가져야 하는 태도이다. 기사의 방향은 이 관점에서 나온다. 객관적이고 중립적으로 기사를 쓰겠다고 하면 전문 기자의 자격이 없다. 객관적이고 중립적인 기사는 훈련만 조금 받으면 신입 기자도 쓴다. 전문 기자로 성공하려면 자기만의 전문적 관점을 확보해야 한다.

음식 공부에 열중일 때에 마빈 해리스의 《음식문화의 수수께끼》가 출간되었다. 빨간색 하드커버를 한 작은 책이었다. 음식책이라기보다는 인간에 대한 책이었다. 가령 번데기를 다룬다고 하면, '중국인이 먹는 번데기'가 아니라 '번데기를 먹는 중국인과 그 중국인이 사는 자연과 사회'에 대한 해석을 시도하고 있다. 본격적인 음식 인문학이다.

내게는 마빈 해리스의 한마디 한마디가 새로웠다. 줄을 치며 읽었다. 이해될 때까지 읽었다. 책장이 너덜너덜해질 때까지 읽었다. 이 책으로 시험을 보면 만점을 받겠다는 각오로 공부를 했다. 학교에서는 하지 않던 공부를 그때에야 했다.

뒤집어 생각해보았다. 내가 만약에 식품영양학과나 인류학과(마빈 해리스는 인류학자이다)에 갔으면 그처럼 열심히 공부를 하지 않았을 것이다. 전공이 신문방송학이고, 내가 전문으로 할 영역이 음식이니 그 분야의 공부를 그토록 열심히 할 수밖에 없었다.

대학 4년의 전공을 사회에서 곧장 쓰게 되면 '전공을 찾아간다'고 말한다. 다들 이 같은 취업을 좋아한다. 그 길로 평생 살아가는 것이 두루 편안할 수도 있다. 그러나 자신만의 독특한 영역을 만들어 사회적으로 인정을 받겠다면 사회생활을 하며 대학 전공과 전혀 다른 분야를 깊게 파는 것도 좋은 방법이다.

인터넷에는 인류의 거의 모든 지식이 떠돌아다닌다. 그러니 대중은 단편적 지식에는 큰 흥미를 가질 수 없다. 이 단편적 지식을 자신만의 독특한 관점으로 해석하는 능력을 가지는 것이 중요하다.

나는 신문방송학이 전공이니 농민신문사가 적합한 직장이다. 이 부서 저 부서 옮겨다니다가 재수 좋으면 임원도 한번 해보고 퇴직을 할 수도 있다. 나는 음식이라는 전문 분야를 만들었다. 대학 전공에다 다른 영역의 일을 겹치게 했다. 대학원을 간 것도 아니다. 나 혼자서 나만의 영역을 만들어나갔다. 학교에서의 공부와 사회에서의 공부가 유기적으로 잘 결합만 하면 자기만의 새로운 영역을 개척할 수도 있다. 내가 이랬고, 나는 맛칼럼니스트로서 독특한 한 영역을 차지했다.

책으로는 전문 지식을 확보하는 데에는 한계가 있다. 논문을 찾아 읽어야 한다. 당시는 인터넷으로 논문을 볼 수가 없었다. 직장인이라 도서관에 자주 갈 수도 없었다. 내게는 역사학회, 인류학회 등에서 발행하는 학회지가 큰 도움이 되었다.

《음식문화의 수수께끼》 이후 마빈 해리스의 책이 몇 권 더 나왔다. 그의 유물론적 인류학은 내가 그때까지 가지고 있던 사고 체계를 뒤집어놓기에 충분히 매력적이었다. 이후 음식 취재를 할 때면 "해리스 선생이면 뭐라고 말씀을 하실까" 하고 상상을 했다. 그러니, 내 관점의 많은 부분이 마빈 해리스 선생한테서 빌려온 것이다.

"내게 네 페이지를 주세요"

데스크는 매우 합리적이고 성격이 좋으며 능력도 있었다. 대체로 내 말을 잘 들어주었다. 음식 기사를 본격적으로 쓸 준비가 되었다고 스스로 판단을 하고 그의 책상 앞으로 갔다.

"이번 달에는 음식 기사 한번 써볼게요. 제게 네 페이지를 주세요."

"네 페이지?"

당시 발행되던 잡지에서 네 페이지이면 원고지 35장 정도 양이다.

"네 페이지나 쓸 게 있어?"

음식 기사라고는 길어봤자 10장 정도였던 시절이었다. 그것도 식당 홍보물 같았다.

"일단 네 페이지를 주세요. 원고 보시고 아니다 싶으면 줄이면 되잖아요. 네 페이지 분량으로 생각하고 취재를 해야 하니 네 페이지 주세요."

그렇게 하여 조건부로 네 페이지를 얻어 취재를 갔다. 울산광역시 언양읍의 언양불고기가 취재 대상이었다.

그 당시에는 음식 방송이 전무했다. 요리 강습 방송도 시들할 때였다. 신문도 음식에 큰 관심이 없었다. 언양불고기에 대한 자료가 전혀 없었다. 경주시와 언양읍 공무원도 사정은 다르지 않았다. 그들을 통해 알아낸 것은 불고기 업소 숫자뿐이었다. 언양읍 음식업중앙회 관계자에게 연락해 그를 앞세웠다. 아침부터 저녁까지 원조라는 집, 잘한다는 집 등을 중심으로 식당 다섯 군데를 돌았다. 불고기를 하루에 다섯 번 먹었더니 입에서 피비린내가 났다. 하룻밤을 자고 언양의 축산 농가를 취재했다.

언양의 여관방에 누워 마빈 해리스 선생을 불러왔다. 지도책을 펼쳐서 언양을 보여주었다. 언양은 관광도시 경주 그리고 산업도시 울산의 중심부와 트라이앵글을 이루고 있었다. 언양불고기 소비자가 누구인지 해리스 선생이 지도를 통해 일러주었다. 한 지역의 음식이 인기를 얻으려면 그 음식을 적극적으로 먹으려는 소비자가 있어야 하고, 그러니 먼저 소비자의 욕망을 들여다보아야 한다. 언양불고기의 탄생과 번창을 이해하려면 언양이 아니라 경주와 울산을 이해해야 하는 일이었다. "음식이 아니라 음식을 먹는 사람을 보라. 그 사람들이 사는 자연과 사회를 보라"라고 하신 해리스 선생이 내 글의 맥락을 잡아주었다.

원고를 본 데스크는 슬며시 웃으며 이랬다.

"이야, 재미있다. 이게 되는구나. 네 페이지가 되는구나."

그렇게 넘긴 원고는 잡지에 실렸고, 독자들이 재미난다며 엽서를 보내왔다. 이미 내 글에 익숙해져 있는 독자들이 많아서 그 같은 반응을 얻었을 것이다. 생전 처음 보는 이름의 기자가 썼으면 읽지도 않았을 수도 있다. 어떻든, 내 음식 기사는 얼마 지나지 않아 인기 연재물이 되었다.

나는 취재를 가면 반드시 그 지역에서 하룻밤을 묵었다. 또 오일장이 열리는 날에 맞추어 취재를 했다. 현지인들을 최대한 많이 만났다. 취재를 하고 난 다음에 혼자서 여관방에서 온갖 상상을 했다. 내가 만난 사람과 그들이 했던 말을 엮어서 머릿속에 서사를 만드는 작업이다. 원고지에 글을 옮기기 이전에 글의 전체 흐름을 이미 내 머릿속에 완성하는 훈련을 그때 했고, 지금은 버릇이 되어 있다. 현지의 느낌을 생생하게 한 호흡으로 써내려가기 위한 글쓰기 요령이다.

카메라를 들게 된 이유

나는 사진을 찍는다. 취미가 아니다. 먹고살기 위해 찍는다. 글 쓰는 일만으로 돈벌이가 충분했으면 나는 카메라를 손에 들지 않았을 것이다. 힘들기 때문이다. 적어도 내게는 사진이 글보다 100배는 힘들다. 글은 수정이 가능한데, 사진은 한 번에 끝내야 한다. 현장에서의 스트레스가 극심하다.

핸드폰 카메라가 워낙 좋아져 프로와 아마추어의 구별이 없어 보이지만 직업의 세계에서는 그 차이가 분명하다. 같은 핸드폰 카메라로 찍어도 전문가의 사진은 다르다. 사진은 찰나의 예술이다. 물론 스튜디오에서 세팅을 하여 의도된 사진을 얻어내는 작업도 하지만, 보통의 사진은 한순간에 빛을 보아야 하고 적절한 구도를 잡아내어야 하며 게다가 메시지나 정보까지 밀어 넣어야 한다. 쓸 만한 카메라맨 하나 건지기가 쓸 만한 글쟁이 하나 건지기보다 어렵다.

한국에서 원고료만으로 먹고사는 작가는 극소수이다. 외국의 전문 칼럼니스트는 한 달에 한 건만 써도 먹고산다는데, 한국은 한 달에 열 건 이상은 써대야 먹고산다. 매체는 음식 원고를 청탁하며 음식 사진도 요구한다. 사진값을 넉넉하게 챙겨주는 경우는 거의 없다. 그러니 사진작가를 데리고 다닐 수가 없다. 사진을 스스로 해결해야 먹고산다. 사진을 스스로 해결할 수 있는 능력을 갖추기까지 꼬박 2년이 걸렸다. 농민신문사 사진기자가 내 스승이었다.

농민신문사 사진실에 낡은 니콘 카메라가 있었다. 여기에 번들 줌 렌즈를 붙였다. 사진기자와 함께 취재를 가서 나도 사진을 찍었다. 흉내 내기를 했다. 사진기자가 사진을 찍고 물러나면 그 자리에서 똑같은 사진이 나오게 찍었다. 돌아와 현상을 하고 사진기자의 사진과 내 사진을 비교했다. 사진기자는 두 사진의 차이점을 소상히 설명했으나 내 눈에는 그게 보이지 않았다. '카메라 아이'가 만들어진다는 게 금방 되는 일이 아니다.

가을에 사진기자와 함께 백담사 계곡을 가게 되었다. 새벽에 백담사 전경을 카메라에 담고 계곡을 따라 내려오며 단풍을 찍었다. 오전 10시나 되었을까. 사진기자와 나는 카메라에서 눈을 떼지 않고 말을 나누었다.

"저기 단풍들이 보이지요. 빛이 찰랑찰랑하지요."

"빛?"

"네, 빛이요. 빛을 보세요."

"빛을 보라고?"

"네. 자, 그 빛을 담는 거예요."

순간, 카메라를 통해 나는 빛을 보았다. 카메라를 슬쩍 내렸다. 빛이 쏟아졌다. 강하고 연한 빛, 거칠고 매끈한 빛, 굵고 가는 빛, 단단하고 부드러운 빛이 눈에 훅 들어왔다. 세상은 빛으로 이루어져 있었다. 내가 눈으로 보는 것은 사물이 아니라 빛이라는 사실을, 그리고 내가 필름에 새겨야 하는 것은 빛이라는 사실을 그때 그 계곡에서 깨달았다.

빛을 보고 난 다음의 세상은 그 이전의 세상과 달랐다. 카메라를 들면 먼저 빛을 의식하게 되었다. 그날 이후 사진기자는 내 사진을 보며 이랬다.

"제법 잘 나왔네요."

더 흥미로운 사실은, 다른 사람의 사진을 보면 그 사람이 빛을 보았는지 못 보았는지 알 수 있게 되었다는 것이다. 사진 공부에서 이게 첫 고비였다. 그다음은 더 힘들었다. 보이는 것과 이를 표현해내는 것은 다른 일이다. 아직까지도 나는 카메라와 그 씨름을 한다.

사진기자를 따라다니며 똑같이 사진 찍기를 2년 정도 하고 나서 웬만한 사진은 혼자서 해결하기 시작했다. 중간에 너무 힘들어 전문 사진작가와 공동 작업을 하기도 했으나 원고료 감당이 안 되어 헤어져야 했다. 현장에서 사진을 찍는 일은 중노동에 가깝다. 한 컷을 건지기 위해 밤을 새우고 바닥을 기며 또 산을 뛴다. 반나절만 집중해도 체력이 바닥을 보인다. 그래도 먹고살려니 그렇게 해야 했다.

내 저작물에 있는 사진은 전부 내가 찍은 사진이다. 편집자에게 사진의 수준은 인정받고 있다. 그러나 이런 방식은 결코 좋은 것이 아니다. 글과 사진을 함께 해결할 수 있는 능력자는 드물다. 사진작가는 사진만, 글쟁이는 글만 담당해야 글과 사진 모두 일정한 수준을 유지할 수 있다. 한국의 매체 사정이 열악하여 그에 맞추어 일을 해야 하고, 나도 그럴 수밖에 없다.

직장에서는 자신에게 주어진 일만 하면 된다. 자유 직업인은 그러기가 힘들다. 일을 맡기는 쪽에 자신을 맞추어야 한다. 일을 맡기는 쪽도 돈을 벌어야 하기 때문이다. 그렇다고 돈벌이를 위해 자유 직업인으로서의 자존심까지 버리라는 말은 아니다. 부당하게 대우를 하면 단호하게 잘라야 한다.

요리를 머리에 그리다

음식 전문 기자가 되려면 요리도 배워야 한다고 생각했다. 요리 기사는 내 담당이 아니었으나 촬영이 있는 날에는 현장에 함께 갔다. 요리 선생은 평범한 음식에도 자기만의 비법을 밀어 넣기 위해 노력하기 마련인데, 현장에서 음식을 먹어봄으로써 그 작은 비법이 음식의 맛을 어떻게 변화시키는지 깨닫는 데에 도움이 되었다.

진급을 하여 데스크가 된 이후에는 요리 선생이 적어온 레시피가 내 손을 거치게 되었다. 레시피를 읽으며 음식이 조리되는 과정을 머릿속에 하나하나 그렸다. 서술이 자세하지 않으면 담당 기자를 불러 확인을 했다. 담당 기자는 요리 선생에게 전화를 하여 또 확인하는 작업을 해

야 하니 나의 데스킹을 귀찮아했다.

"황 차장님, 그 정도면 주부들은 다 알아요."

나는 아니라고 단정했다. 음식을 조리하는 과정을 직접 본 기자와 사진과 글만 보는 독자는 같은 음식임에도 머릿속에 전혀 다른 맛을 그릴 수도 있다.

요리 선생이 적어온 레시피에서 내가 제일 못마땅해한 것은 '갖은양념'이었다. 한국음식 조리법에는 약방의 감초처럼 갖은양념이 등장한다. 간장에 파, 마늘, 고춧가루, 참기름 등등으로 섞는 양념이다. 갖은양념을 한 한국음식은 대충 비슷한 맛이 난다. 마법의 양념이다. 그런데, 자세히 들여다보면 이 갖은양념은 재료에 따라 양념의 가감이 일어난다. 그래서 나는 갖은양념이라는 단어만 나오면 담당 기자를 불러 "이거 요리 선생한테 전화해서 풀어달라고 해" 하며 원고를 돌려보냈다. 기자와 요리 선생의 항의는 늘 이랬다.

"그 요리에서 갖은양념이라고 써놓으면 어떤 양념을 어떤 비율로 섞어서 쓰라는 것인지 주부 독자들은 다 알아요."

내 대답은 이랬다.

"갖은양념이야 대충 하면 맛이 나지요. 한데, 요리 선생이면 이 재료의 이 조리법에서는 이 맛이 나야 한다는 분명한 자기만의 '철학'이 있어야 하지 않겠어요?"

시중에 나와 있는 웬만한 요리책은 다 보았다. 내가 직접 요리를 하기 위한 것은 아니었다. 요리 선생들이 그리는 궁극적인 맛이 궁금했다. 그중에 내게 꼭 맞는 책을 발견했다. 장선용 선생의 《며느리에게 주는 요리책》이다. 이 책에는 음식 사진이 없다. 레시피가 말로 길게 풀어져 있다. 글을 읽는 것만으로 머릿속에 음식의 형태와 맛이 그려졌다.

요리를 할 때 가장 먼저 해야 하는 일은 머릿속에 맛을 그리는 것이다. 맛을 그리지 못한 상태에서 요리를 하면 음식 맛이 엉망이 된다. 요리를 해본 적이 없으면 이게 무슨 말인지 모를 것이다. 조금이라도 해보았으면 내 말에 "아하!" 할 것이다. 쉽게 설명해보겠다.

처음 해보는 요리를 한다고 치자. 요리책을 보든 인터넷을 뒤지든 하여 다른 사람의 조리법을 보게 될 것이다. 책을 펼쳐놓거나 영상을 틀어놓고 레시피대로 따라 했는데 맛이 영 엉뚱하고 어색하다면, 대체로 레시피에 적힌 음식의 맛을 머리에 그리지 못했기 때문이다. 음식 맛을 제대로 내려면 레시피를 보며 요리가 완성된 상태의 맛을 머리에 그리고 난 다음에 머리에 든 맛을 실현하기 위해 요리를 해나가야 한다.

피아노를 배운 적이 있는가. 악보대로만 피아노를 치면 들을 만하던가. 맛이 전혀 나지 않는다. 악보에 담긴 작곡자의 의도나 감성을 머리에 그리고 치면 소리가 달라진다. 노래도 똑같다. 악보대로 부르면 맛이 안 난다. 그림도 그렇다. 눈에 보이는 대로 그리는 것이 중요하지 않다. 마음으로 본 것을 그려야 감동을 준다. 문학 역시 그러하다. 아니, 세상의 모든 것이 그러하다. 자신의 머리에 이데아로 그려내지 못한 것의 표현물은 타인의 마음을 얻지 못한다.

나는 맛을 그리는 작업을 위해 요리를 했다. 요리를 전문으로 하기 위해 맛을 그리는 작업을 한 것이 아니다. 나는 요리사가 되려는 것이 아니기 때문이다. 음식 전문 기자로서 맛을 머리에 그릴 필요가 있었고, 그러기 위해 요리라는 기술을 몸에 붙였다. 방법은, 식당 음식 카피하기이다.

식당에서 음식을 먹을 때에 재료를 관찰하고 조리법을 상상한다. 상상이 안 되는 것은 요리사나 주인에게 따로 묻는다. 이때 메모는 하지 않는다. 머리에 맛을 그리기만 한다. 그리고 집으로 돌아와 식당에서 먹었던 음식을 재현한다. 내 머릿속의 맛을 실재의 맛으로 끄집어내는 방식의 요리이다. 눈치 빠른 독자는 알아차렸을 것이다, 내가 글과 사진을 배워나갔던 방법과 크게 다르지 않음을.

선배 화가의 작업실에 가끔 놀러 간 적이 있었다. 그는 높이 2m에 가로 1m 정도의 화판에 직선과 곡선이 겹쳐진 그림을 그리고 있었다. 작업은 더디어 몇 달이 지나도 완성되어 있지 않았다. 한 날은 그에게 물었다.

"저게 뭐예요?"

"고려청자."

"고려청자로 안 보이는데요?"

"내 마음속의 고려청자."

그 선배는 국립박물관의 고려시대 상감청자 앞에서 몇 시간을 보내곤 했다. 내게는 난해하여 이해가 되지 않았으나 선배 화가의 마음에는 그만의 고려청자가 그려져 있었고 이를 화판에 표현하고 있었다. 선배 화가는 내게 이랬다.

"내 수준이 아직 고려청자를 빚어낸 도공만 못한 거지."

인간은 거울이다. 세상의 모든 데이터를 오감을 통해 받아들인다. 자신에게 필요 없는 데이터는 걸러진다. 그 데이터 중에 내 것으로 만들어야겠다는 것이 있으면 뇌에다가 저장을 해야 한다. 외부의 데이터를 자신의 데이터로 저장하는 게 그리 쉬운 것은 아니다. 반복해서 새겨야 한다. 새기다 보면 자신의 몸에 맞게끔 데이터는 다듬어지게 되어 있다. 모방은 창조의 어머니이다.

맛칼럼니스트라는 이름을 달다

농민신문사에서 함께 근무를 하다가 경향신문사 시사 주간지인 〈뉴스메이커〉(주간경향)로 이직을 한 기자가 있었다. 퇴근길에 종로 피맛길에서 마주쳤다. 그때까지 내 글은 농민신문사가 내는 매체에만 실리고 있었다. 그는 내 글을 잘 보고 있다며 음식 글이 재미나더라고 말했다. 그러면서 이런 제안을 했다.

"원고 댓 개만 줘볼래? 연재물이 되나 검토해보게."

그렇게 하여 처음으로 외부 매체에 내 글이 연재되기 시작했다. 첫 글은 아직도 기억하고 있다. '기차를 타면 왜 삶은 달걀이 먹고 싶어지는 것일까'가 주제였다. 기차의 홍익회 수레에 담긴 삶은 달걀에 대한 고찰이었다. 한국의 산업화 과정과 임권택 감독 영화 〈티켓〉의 마지막 장면, 소설 《사랑방 손님과 어머니》 달걀 이야기가 내 글에서 엉키었다. 삶은 달걀 글은 이후에도 계속 진화하고 있다. 기차에서 홍익회 수레가 사라졌음에도 삶은 달걀에 담긴 한국인의 정서는 쉬 사라지지 않고 있으며 그 흔적을 쫓아 개고하고 있다. 최종 버전은 2020년에 나온 《수

다쟁이 미식가를 위한 한국음식 안내서》에 실려 있다.

칼럼은 필자의 성명 다음에 직함이 걸린다. 〈뉴스메이커〉 연재물에 걸린 내 직함은 '농민신문사 기자'였다. 농민신문사 출신 〈뉴스메이커〉 기자는 이 직함이 적절하지 않다고 보았다. 글의 내용이 농민신문사와는 관련이 없기 때문이었다. 그는 내게 전화를 해서 이렇게 말했다.

"내가 적당한 이름을 붙였어. 이번 호부터 그렇게 나갈 거야."

그가 내게 붙여준 이름은 맛칼럼니스트였다.

나는 대체 이 이름이 마음에 들지 않았다. 한글 '맛'에다가 영어 '칼럼니스트'가 붙어 있는 것이 어색했다. 그러나 〈뉴스메이커〉 기자는 단호했다.

"황 형 글이 이때까지의 음식 글과는 너무 달라. 식당이 등장하지도 않고 음식 비평도 아니잖아. 음식을 인문학적 시각에서 접근하고 있는데, 이런 글은 예전에 없었어. 그러니 새로운 이름이 필요해. 쓰다 보면 익숙해지게 되어 있어."

그의 말이 맞다. 쓰다 보면 익숙해지게 되어 있다. 맛칼럼니스트는 나만의 위한 작명이었는데 내가 유명해지면서 여타 음식 글을 쓰는 사람들이 스스로 맛칼럼니스트라고 한다. 고유명사에서 보통명사로 바뀌고 있다. 나는 상관없는 일이나, 그들이 직명을 정할 때 조금 더 섬세해질 필요는 있다.

현재 한국에서 음식 관련 글을 쓰는 사람들을 보면 그 성격이 조금씩 다르다. 먼저, 식당에 대해 집중적으로 취재하는 사람들이 다수이다. 이 식당의 음식은 이렇다, 어떤 역사를 가지고 있다, 주인의 음식 철학은 이렇다 등등의 정보를 취재하는 사람은 일종의 리포터라고 할 수 있다. 이 경우 굳이 이름을 붙일 것이 마땅하지 않은데, 자유기고가 정도가 어울린다. 여기에 자신의 견해를 분명히 밝히는 글까지 따라 붙이는 일을 하면 식당비평가라는 이름이 맞다. 외식비평가도 괜찮은 이름이다.

식당 비평과 외식 비평의 영역은 의외로 꽤 전문적인 식견이 필요하다. 음식 재료, 조리법, 메뉴 구성, 가격, 인테리어, 서비스, 외식 트렌드 등등 외식 공간에서의 거의 모든 일을 통달해야 비평이 가능하기 때문이다. 내가 늘 바라는 것이, 한국에도 믿을 만한 식당비평가, 외식비평가 한 명은 나왔으면 하는 것이다.

음식에 대한 글이기는 한데 음식 맛 하나만 두고 따지겠다 하면, 미식비평가라는 이름이 어울린다. 음식 맛은 버려두고 음식문화에 대한 글을 전문으로 쓰겠다 하면, 음식문화평론가가 맞다. 물론 이럴 때는 음식을 인문학적으로 볼 수 있는 식견이 있는가가 중요할 것이다.

칼럼니스트는 고정 지면에 기명의 글을 연재하는 사람을 말한다. 전문 영역에 따라 정치칼럼니스트, 경제칼럼니스트, 영화칼럼니스트 등등의 이름이 붙는다. 그러니까 음식 관련 글을 고정의 지면에 자신의 이름으로 연재하는 사람이면 칼럼니스트라 이름을 붙일 수 있다. 위에서 대충 분류한 대로, 음식칼럼니스트, 음식문화칼럼니스트, 외식비평칼럼니스트 등의 이름이 생길 수 있다. 방송에서는 활발하게 활동을 하는데 그가 쓴 글을 볼 수 없는 '음식 전문가'도 있다. 칼럼니스트라고 하면 어울리지 않는다. 음식전문방송인이 맞다.

자신이 하는 일에 대해 그 성격을 분명히 해야 그 일에 대한 집중도가 좋아진다. 이를 위해서도 직명을 잘 정해야 한다. 그런 면에서 맛칼럼니스트는 좋은 이름이 절대 아니다. 맛이란 단어는 모호하기 때문이다. 맛칼럼니스트

라는 직명을 오랫동안 써온 내 경험으로는 그렇게 권할
만한 단어가 아님을 밝혀둔다.

〈뉴스메이커〉는 7년간 연재를 했다. 아마 주간지 연재
물로는 국내 최장 기록에 들 수도 있을 것이다. 음식 글이
독자의 시선을 크게 끄는 것은 아니다. 그럼에도 그때 내
글에 대한 작은 팬덤이 존재했다. 글맛으로 읽는 독자들
이 많다고 했다. 7년의 연재 중에 가장 기분 좋았던 것은
〈뉴스메이커〉 교열기자의 말이었다.

"선생님 글은 손볼 것이 없었습니다. 원고 그 자체로 완
벽했습니다."

4장
손을 놓았다.
깨지고
휘둘렸다

"돈은 있다가 없다가 한다. 있으면 좋고 없으면 안 좋을 뿐이다. 자존심은
있다가 없다가 하는 것이 아니다. 자존심은 한번 무너지면 아예 없어진
다. 최종으로 지켜야 하는 것은 자존심이다."

허영만 화백과의 만남

"저, 허영만입니다."

"누구요?"

"허영만이라고, 만화 그리는."

"네. 그래서요."

나는 허영만을 몰랐다. 얼핏 들어 만화가인 줄은 알았는데 그렇게 유명한 만화가인 줄을 몰랐다. 수화기를 내리고 동료 기자에게 물었다.

"허영만이 무슨 만화 그렸어?"

내가 막 통화를 한 사람이 허영만인 줄 알고 난리가 났다. 허영만 선생님의 전화를 예의 없이 받았다고 야단을 들어야 했다.

〈동아일보〉에《식객》이 연재되기 1년 전 즈음 되었을 것이다. 허영만 화백이 나를 보자고 했다. 장소는 내가 정했는데, 순라길의 홍어집이었다. 이 식당은 이미 댓 번을 간 적이 있어 내게는 익숙한 집이었다. 그 자리에서 나는 허영만 화백의 인기를 확인했다. 주인이 허 화백만 챙겼다. 단골인 내게는 주지도 않던 홍어의 여러 부위를 서비스로 내놓으며 설명을 했다. 나중에는 아예 허 화백 옆에 퍼질러 앉아버렸다. 《식객》이 연재되기 전인데 이랬다.

일본만화 《맛의 달인》이 크게 인기를 얻고 있을 때였다. 허영만 화백이 음식만화 이야기를 할 것 같아 그를 만나기 전에 만화방에 갔다. 허영만의 작품 중에 《짜장면》이라는 음식만화가 있었다. 절반도 보지 않고 덮었다. 재미가 없었다. 막걸리를 몇 잔 마시고 나서 허영만 화백이 음식만화를 준비하고 있다고 말을 했다. 나는 《짜장면》을 보았다고 했다. 그는 그건 망한 작품이며 그래서 이번에는 음식만화를 제대로 그려보려고 한다고 했다. 2년간 예비 취재를 했는데, 내가 취재한 지역을 다 돌아보았다고 했다. 그는 내 글을 이미 다 읽었고 내 글에 등장하는 지역도 다 돌아본 상태였다. 앞으로도 더 도와달라고 했다. 그러자고 했다.

1992년 일본에 갔을 때를 떠올려보았다. 10년 정도 지난 시점이었다. 한국에도 음식만화가 나올 때가 된 것이다. 내 컴퓨터에 있던 여러 자료도 그에게 보내었다. 취재를 할 때 함께 가기도 했다. 그렇게 하여 《식객》이 연재되기 시작했다. 취재가 탄탄하여 음식 그림이 사진보다 나았다. 일본 음식만화에는 없는 '인간의 정'이 강조되었다. 빅히트를 쳤다.

어느 순간부터 허영만 화백의 취재에 따라가지 않게 되었고 그가 내게 전화를 걸어 확인하는 일도 사라졌다. 허영만 화백은 음식에 대한 자신만의 시각이 완성된 상태였다. 《식객》 초기에 내 작은 도움이 필요했고, 그것으로 내 역할은 다한 것이다.

《식객》 이후 음식에 대한 대중의 관심이 극단으로 커졌다. 음식 콘텐츠가 쏟아졌다. 드라마 〈대장금〉이 터졌고, 방송사마다 음식 방송을 다투어 내놓았다. 만화의 대중성이 얼마나 강력한 문화적 힘을 가질 수 있는지 실감했다. 그 덕에 음식 글의 시장도 넓어졌다. 만화, 드라마, 예능방송에 비해서는 정말이지 형편없이 작은 시장이나 그나마 나아지기 시작했다. 그래서 가끔 이런 말을 한다.

"식객이 나를 살렸어. 식객이 없었으면 음식 글을 누가 읽었겠어."

세상에는 흐름이 있다. 그 흐름을 주도하는 세력이 되는 것은 참으로 어렵다. 쉽게 말해, 허영만 화백처럼 한국 음식문화의 흐름을 주도하는 위치에 오르려면 노력만으로 되는 것이 아니다. 허 화백의 손재주와 감각은 영재의 것이다. 보통의 인간은 흉내 내기가 어렵다. 반복해서 말하는데, 우리 같은 보통의 머리를 가진 인간은 흐름을 파악하는 정도밖에 못 한다. 그러나 흐름을 주도하지 못해도 된다. 흐름의 방향과 크기만 파악해도 먹고사는 데에는 지장이 없다.

허영만 화백이 《식객》을 시작하며 나를 찾았다는 것에 나는 큰 의미를 두고 있다. 내가 그래도 세상의 흐름을 미리 읽고 제일 앞에 있었구나 하는 자부심 같은 것을 느낀다. 보통의 머리를 가진 인간은 그 정도만으로 행복해해야 한다. '노오력'은 해야 한다. 그러나 따라갈 수 없는 지점을 정하고 노오력을 강조하는 것만큼 무모하고 비도덕적인 일은 없다.

나이 마흔, 농민신문사를 나오다

직장은 내가 하고 싶은 일만을 맡기지 않는다. 부서를 옮기면 그에 맞추어 일을 해야 한다. 잡지를 만들다 신문으로 자리를 옮겼다. 데스크 노릇을 하니 현장에 나갈 일이 줄었다. 음식 글은 외부 기고를 하여 그 맥을 이어갔다. 만사가 편했다. 편하니까 불안했다.

농민신문사 건물 제일 위층은 농협동인회 사무실로 쓰였다. 정년퇴직을 한 분들이 그 사무실에 오셨다. 꼬박꼬박 나오시는 분들이 있었다. 바둑을 두고 저녁에 술 한 잔 하고 헤어지는 것이 일과였다. 넉넉한 노후였다. 그러나 내 눈에는 꼭 그렇게 보이지는 않았다. 정년퇴직을 했어도 한참을 더 일할 수 있는 젊음이 보였다. 나도 얼마지 않아 저럴 것인데, 감당이 되지 않았다.

인생 컨설팅을 하는 사람이 있다. 의뢰인에게 적합한 일을 찾아주는 게 직업이다. 그에게 질문을 했다.

"직장을 그만두고 새로운 일을 찾겠다는 사람이 있으면 어떤 조언을 해주나요?"

"나이를 기준으로 조언이 달라집니다. 마흔 이전이면 직장을 그만두어도 된다고 합니다. 마흔을 넘기면 그만두지 말라고 합니다. 마흔 이전에는 실패를 해도 다시 일어설 수가 있는데 마흔을 넘겨서 쓰러지면 회복하기가 힘들어요."

경험에서 온 조언일 것이다.

인생은 마흔을 넘기면 안정기에 들어간다. 직장인이든 자영업자이든 사회 경험 10년을 넘긴 나이이니 크게 흔들릴 것이 없다. 마흔까지 이룬 자신이 평생의 자신이다. 머무르며 그냥 살 것인가, 아니면 강물 위를 떠다니는 이끼처럼 손을 놓을 것인가. 나이 마흔에 나는 손을 놓았다.

반대가 격렬했다. 직장에서도 집안에서도 모두 나의 퇴직을 반대했다. 퇴직을 하며 직원에게 인사말을 하라기에 이런 말을 남겼다.

"선배님들과 동료, 후배 여러분 덕분에 편하게 직장 생활을 했습니다. 고맙습니다. 저는 직장을 나갑니다. 제 앞에 자갈길이 펼쳐진다는 것을 잘 알고 있습니다. 그래도 한번 가보겠습니다."

거창고 취업 십훈이 가리키는 길로 나아갔다.

2년만 다니고 나오자 했다가 12년을 눌러앉았다. 30대의 전부를 한 직장에서 보냈다. 내가 가지고 나온 짐은 라면 상자로 한 박스도 안되었다. 직장을 나와 어떤 일을 할 것인지 정확히 정해진 것은 없었다. 대학을 졸업하며 무엇을 해야 할지 고민하던 그때로 돌아간 기분이었다. 달라진 것이 있다면, 그동안에 내게 맛칼럼니스트라는 이름이 생겼다는 것이다.

마흔에 직장을 그만둔다는 것은 모험이다. 나는 모험을 선택했지만, 주변의 분들이 나와 같은 결정을 하겠다고 하면 일단은 말릴 것이다. 힘들기 때문이다. 무엇보다도 인생이 망가질 수도 있다. 만약에 마흔에 직장을 그만두겠다고 생각한다면 주변의 누구에게도 이 일에 대해 묻지 말기 바란다. 혼자 결정해야 할 일이다. 인생은 오롯이 자신만의 것이다. 나는 상의 없이 통보만 했다. 주변 사람들의 충격이 컸겠지만, 이렇게 해야 자신의 삶에 자신이 책임진다는 의식이 또렷해진다.

사업은 내게 맞지 않아

직장인 빼고, 한국에서 글쓰기로 먹고사는 사람은 극소수다. 대중이 이름을 익히 알고 있는 작가들도 겨우 먹고산다. 한국의 출판 시장 규모가 워낙 작기 때문이다. 한국어 사용 인구가 7,700만 명인데, 한국 출판 시장의 인구는

5,000만 명이다. 남한 인구만 수요자로 보아야 한다. 인구가 1억 명은 되어야 작가들이 먹고산다고들 말한다. 게다가 한국인은 책을 잘 읽지 않는다.

문학가를 제외하고, 직장에 적을 두지 않은 전문 작가를 자유기고가라고 한다. 자유기고가는 새벽 인력시장에 나온 일용직 노동자와 비슷한 처지에 있다. 자유기고가가 매체에 가서 지면을 달라고 할 수는 없다. 매체가 청탁을 해야 글을 쓸 수 있는 기회가 주어진다. 원고료는 박하다. 한 달에 대여섯 건을 쓰면 겨우 먹고살 수 있는데, 그 같은 기회는 좀처럼 주어지지 않는다.

농민신문사를 나왔지만 내게 주어지는 지면은 별로 없었다. 따로 밥벌이를 찾아야 했다. 여기저기 기웃거리며 일감을 찾았다. 글쓰기와는 전혀 관련이 없는 일이었다. 작은 회사를 차려서 운영하기도 했고 남의 회사에 들어가 월급쟁이 사장 노릇도 했다. 사업이 내게 맞지 않는 일이라는 것을 깨닫기까지 그리 오래 걸리지는 않았다.

사업의 성공은 아이템에 있다고 생각하는 사람들이 있다. 내 경험으로는 결단코 그렇지 않다. 내 책상에서 만들어진 아이템 중에 괜찮았던 것이 있었다. 몇 달간 혼자서 시장조사를 하여 사업계획서를 만들었다. 대박 아이템이라며 사람들이 모였다. 그다음이 문제였다. 모여든 사람들을 통제할 수가 없었다. 사업을 친척에게 넘겨버렸다. 내가 할 때는 갈팡질팡하던 그 사업이 친척이 맡고 난 이후에 자리를 잡았고 지금까지 잘 운영되고 있다.

나는 조직 생활에 문제가 있다. 한국의 직장 생활은 가족적이어야 한다. 동료끼리 집안의 대소사를 알아야 하고 상황에 따라 감성적 교류를 깊이 해야 한다. 나는 이런 게 부담스럽다. 농민신문사에서도 그랬다. 데스크를 맡으며 기자들이 출근을 하든 말든 간섭을 하지 않았다. 마감만 지키라고 했다. 농민신문사의 보수적인 근무 관습에 벗어나는 일이라 충돌이 잦았다. 농민신문사에서는 중간에 방패막이 되어주는 사람들이 있었는데 내가 오너가 되자 내 문제는 직장 전체의 문제가 되었다.

사업이란 정상적인 거래만 있는 것이 아니다. 뒷거래가 존재한다. 나만 뒷거래를 하지 않겠다고 해서 해결되는 문제가 아니다. 뒷거래를 하지 않으면 사업 상대에게 돌아갈 뒷돈도 생기지 않는다. 뒷거래를 하지 않겠다는 것은 곧 거래를 하지 않겠다는 뜻이다. 나는 뒷거래를 거절하는 것이 바르다고 보았다. 그런데, 직장에 나만 있는 것이 아니다. 직원들도 있다. 그들도 먹고살아야 할 것이 아닌가.

남의 회사에 들어가 경영을 책임질 때의 일이다. 회사의 기술과 기계를 납품하기 위해 지방으로 설명회를 하러 가게 되었다. 1년 가까이 상담을 진행했고 기술도 이미 충분히 확인된 상태여서 큰 걱정이 없었다. 설명회 이후에 상대 회사의 간부 둘, 그리고 그 지역 정치인과 연줄이 있는 사람이 술을 마시자고 했다. 2차, 3차까지 마셨다.

잠에서 깨어보니 펜션이었다. 그들이 준비해둔 숙소였다. 거실에는 나와 같이 술을 마시던 그들이 자고 있었다. 어둠 속에서 그들을 내려다보았다. 그들이 왜 나를 붙잡고 2차, 3차까지 술을 샀는지 그때에야 깨달았다. 앞으로 큰돈이 오갈 것인데 나에게 뭔가를 요구하고 있음이 분명했다. 나는 눈치도 없이 술을 마셨던 것이다.

그 자리에서 바로 펜션을 빠져나왔다. 아직 해도 뜨지 않은 시간이었다. 내가 차를 세워둔 곳까지 30분을 걸었다. 걸으며 생각했다.

'이 일은 하지 않는 게 맞아. 그러면 회사가 손해를 볼

수가 있어. 직원도 생각해야 하잖아. 그렇다고 내가 오물을 뒤집어쓸 수는 없잖아.'

최종에 내린 결론은 이랬다.

'내가 그만두자.'

조금만 융통성을 발휘하면 오물을 쓰지 않고 사업을 꾸려나갈 수도 있다. 문제는 이게 내 일 같지가 않다는 것이었다.

리조트를 운영하는 회사에서 컨설팅 의뢰가 들어와 리조트 내 레스토랑들의 음식을 먹고 평가 보고서를 작성해준 적이 있다. 그때 레스토랑 종업원의 서비스를 점검하는 분도 동행했다. 그는 오랫동안 호텔 서비스 업무에 종사했으며 서비스 교육 전문 강사이기도 했다. 나는 그에게 서비스 교육의 효과를 물었고, 그의 대답은 다소 엉뚱했다.

"교육을 하기는 하는데, 효과는 거의 없어요. 사람마다 타고난 성품이 달라요. 이를 바꾸는 것이 교육이라고 한다면 제가 하는 교육은 늘 실패합니다. 제가 진짜로 하는 일은 사람에 맞는 자리를 찾아주는 것이지요."

그는 구체적인 사례를 들며 설명을 했다.

"카운터에 세워놓았는데 손님하고 자꾸 마찰을 일으켜서 주방으로 자리를 옮겨주었지요. 그랬더니 일을 너무 잘해요. 그도 즐겁다고 하고요. 주방에서 사고를 치던 친구에게 서빙을 하게 했더니 자기가 그 체질이래요. 그런데, 사람들이 자신이 무슨 일을 잘하는 성격인지 잘 알지를 못해요. 자신이 자신을 모르는데 관리자인들 알겠어요? 그래서 제가 필요하지요. 저는 저 사람이 저 자리에 적합한지 파악을 하고 적합하지 않으면 어떤 자리가 나은지 관리자에게 보고를 하는 일을 합니다. 오늘도 그 일을 하러 왔지요."

그는 나와 리조트를 돌면서 레스토랑 직원들을 하나하나 품평했다.

"저 친구는 사람 만나는 것을 힘들어해요. 조용한 자리로 보내야 해요."

"저 친구가 왜 저기 있지? 도어맨 하면 최고인데."

나는 그에게 묻고 싶었다.

"나는 어떤가요. 나는 무슨 일을 하는 게 어울릴까요. 나는 무슨 일을 해야 스스로 행복하다고 생각할 수 있을까요?"

나는 아직 나를 잘 모르겠다. 글쓰기가 체질 같으나 글 쓰는 일이 마냥 행복한 것은 아니다. 독자 여러분은 어떤가. 자신의 일에 만족하고 있는가. 평가를 하기에 애매할 것이다. 그러면 이렇게 질문을 던져보자. 내가 하는 일을 다른 사람이 하게 되면 더 잘 해낼 수 있을 것이라고 생각해본 적은 있는가. 만약에 그렇다면, 그 일은 남에게 주는 것이 맞다. 세상은 넓고 할 일은 많다.

돈 안 되는 일, 아무도 알아주지 않는 일

농민신문사를 나올 무렵이었다. 농민신문사 이내수 사장과 일을 꾸몄다. 이내수 사장은 농협중앙회 부회장을 지내고 농민신문사에 왔는데, 조회 시간마다 농촌이 자력으로 먹고살 수 있는 자원을 스스로 마련해야 한다고 강조했다. 쌀값 올려달라, 고춧값 올려달라며 도시의 아스팔트 위에서 하는 농민 시위에 도시인이 감성적으로 동의하지 않을 날이 곧 올 것이라고 보았다.

한국의 농촌은 1960년부터 1980년까지 단 30년 만에 해체되었다. 산업화의 결과이다. 유럽의 산업화는 200년이 걸려 완성되었다. 유럽의 농촌은 서서히 산업화에 적응해나갈 수 있었는데, 한국은 전혀 그럴 수가 없었다. 예를 들어, 유럽의 농촌에서는 도시 노동자가 먹을 수 있는 식품을 제조하는 설비를 갖추어 식품가공산업에 뛰어들 수 있는 시간이 있었고 한국의 농촌에는 그럴 시간이 없었다.

산업화 시대에는 농민이 도시 노동자에게 농산물만 팔아서는 먹고살기가 어렵다. 농업 생산성이 공업 생산성보다 낮기 때문이다. 농민이 자신의 생산물로 가공식품을 제조하여, 그러니까 부가가치를 붙여서 팔아야 한다. 농산물이라 해도 브랜드 가치를 올려서 팔아야 한다. 한국 농정도 6차 산업이라는 이름으로 이 시대적 과제를 해결하기 위해 노력하고 있다.

이내수 사장을 찾아가 마주 앉았다.

"사장님이 말씀하시는 거, 동의합니다. 농촌을 이대로 두면 더 힘들어집니다. 농공단지 같은 외부의 힘으로 먹고살게 하는 것도 한계가 있습니다. 내적 자원을 활용한 농촌 살리기를 해야 합니다. 작은 실천이라도 사장님이

해보시지요."

그렇게 하여 사단법인 '향토지적재산살리기운동본부'라는 조직이 탄생했다. 지역의 전래 자산을 지역의 지적 재산으로 확보하고 농민이 이를 이용해 자력으로 사업을 할 수 있게 지원하는 단체이다. 이후에 향토지적재산본부로 이름을 바꾸었다.

그때 내 눈에 띈 것은 지리적표시제였다. 농수축산물과 그 가공품에 '지명+품명'의 이름으로 유명해진 것이 있다. 유명 지명이 붙은 상표는 원래 등록이 안 된다. 하동 녹차는 유명하다. 다른 지역의 녹차를 하동 녹차라는 이름으로 속여서 판매를 할 수가 있다. 하동이라는 지명 때문에 하동 녹차는 원칙적으로 상표등록이 안 된다. 하동 지역의 녹차 생산자에게 불리하다. 그래서 탄생한 것이 지리적표시제이다. 하동의 녹차 생산자가 단체를 조직하여 하동 녹차의 제품 특성을 반영한 제품 표준을 만들어 등록을 하면 지리적표시품으로 배타적 권리를 가지게 해 주는 제도이다.

지리적표시제는 GATT(관세 및 무역에 관한 일반협정) 체제에서 창안된 국제적 제도이다. 각국에서 지리적표시품으로 인증한 농수축산물과 그 가공품은 국제적으로 보호를 해주게 되어 있다. 지리적표시제가 가장 활성화되어 있는 지역이 유럽이다. 유명 와인과 치즈 대부분이 지리적표시품으로 등록되어 있다. 프랑스 와인을 마실 때 "이거 AOC급이라서 좋은 거야" 하는 말을 들어본 적이 있을 것이다. AOC가 지리적표시품이라는 뜻이다.

그때 농림축산부에 지리적표시제 담당이 생겼다. 그들은 지리적표시제를 생산자에게 알리는 일부터 해야 한다고 생각했다. 그러면서 내게 책을 써달라고 했다. 생산자도 쉽게 이해할 수 있는 지리적표시제 안내 책자가 필요했던 것이다. 지리적표시제는 새로운 제도여서 당시에는 전문가라고 할 만한 사람이 없었다. 그때까지의 공부와 취재 경험으로 봐서는 내가 그 분야의 전문가였다.

내게 주어진 집필 시간은 보름 정도였다. 예산 집행 기한이 걸려 있었다. 분량은 많지 않으나 책 한 권을 쓰는 데에는 너무 짧은 시간이었다. 국내외 자료를 모아다 꼬박 1주일간 밤을 새워 썼다. 지나고 나니 내 평생에 이렇게 집중했던 적이 있었나 싶다. 그렇게 하여 원고료라도 넉넉히 받았느냐 하면, 전혀 그렇지 않다. 그야말로 수고

비 정도였다.

내 원고는 《알기 쉬운 지리적표시제》라는 이름의 책자로 만들어져 전국의 생산자 단체에 뿌려졌다. 지역에서 부르면 지리적표시제 안내 강연을 했다. 강연비를 넉넉하게 받았느냐 하면, 전혀 그렇지 않다. 공무원 출장비 정도이거나 무료였다. 그렇게 2년 정도 하니까 지리적표시제를 하겠다는 생산자 단체가 등장하기 시작했다.

2021년 현재 국내 지리적표시품은 수백 건이나 된다. 《알기 쉬운 지리적표시제》를 냈던 당시에 국내 지리적표시품은 단 한 건이었다. 그 많은 지리적표시품이 향토지적재산본부의 컨설팅을 거쳐 등록되었다. 향토지적재산본부의 사무국장, 연구위원 등의 일을 하며 이 일을 했으나 나는 월급을 받은 바가 없다. 무료 봉사였다. 향토지적재산본부 이내수 이사장 역시 지금까지 무보수로 일한다.

나는 이제 지리적표시제 일을 하지 않는다. 20년을 거치면서 향토지적재산본부의 연구원들이 나보다 훨씬 뛰어난 능력을 가지게 되었기 때문이다. 사업 초반부터 함께 일을 하는 연구원이 있다. 그가 내게 이런 질문을 한 적이 있다.

"우리가 하는 일이 빛을 보기는 할까요?"

내 대답은 이랬다.

"한국 소비자는 먹을거리를 품질 기준으로 그에 합당한 돈을 지불할 의사가 아직 없지요. 유럽처럼 되려면 한두 세대를 더 지나야 해요. 지금 우리가 하는 일이 우리 세대에서 빛을 보기는 어렵습니다. 다음 세대, 다다음 세대를 위해서 하는 일이지요."

당장에 돈이 되는 일, 사람들이 알아주는 일만 하고 살아도 벅차기는 하다. 그런데 살아보면, 당장에 돈이 되지 않는 일, 아무도 알아주지 않는 일이 보람은 훨씬 크다. 마트에서 지리적표시 마크가 붙어 있는 먹을거리를 발견할 때면 나는 아무도 모르게 스스로 칭찬을 하며 웃는다.

"참 잘했어."

최종에는 자존심이 먹여 살린다

농민신문사를 나온 후 나는 여러 일을 했다. 그럼에도 글쓰기를 멈춘 적이 없다. 청탁이 들어오면 내용과 원고료를 가리지 않고 썼다. 지방의 새벽 라디오 방송도 마다하지 않았다. 당장의 호구지책을 위한 일도 했으나 그런 것이 최종 목적지는 아니었다. 남이 나를 주목하든 말든 차곡차곡 경력을 쌓아갔다.

2000년대 중반에 이르자 나와 비슷한 일을 하는 사람들이 부쩍 늘었다. 대중이 미식에 관심을 가지기 시작한 것이다. 의사, 교수, 소설가, 영화제작자 등등이 지면을 얻어 음식에 관한 글을 썼다. 기자 출신과 현역 요리사도 음식 전문 작가로 등장했다. 나는 그들 중의 하나였다.

자본주의 시장에서 노동의 가치는 돈으로 평가된다. 직장인은 노동 가치가 대충 정해져 있지만 자유 직업인의 노동 가치는 고무줄이다. 자유 직업인의 능력에 따라 노동 가치가 정해지는 것이 원칙일 것이나 실제로는 꼭 그렇지도 않다. 이럴 때 지켜야 하는 것은 자신에게 매겨진 노동 가치가 아니다. 인간적 자존심이다.

2011년에 내가 겪었던 일이다. 국가브랜드위원회로부터 원고 청탁을 받았다. 한국인 가정의 밥상에 대해 글을 써달라고 했다. 한국음식에 대한 여러 정보가 외국어로 번역 소개되어 있는데, 한국 가정식에 대한 글이 없어서 이를 써주면 좋겠다고 했다. 한국음식이라고 조선의 궁중음식, 전통요리, 외식업체 음식이나 외국인에게 알리고 있지 한국인의 가정음식에 대해서는 소홀했다는 것을 그들이 알아차린 것이다. 이 긍정적 변화에 나는 칭찬을 했고 원고를 쓰겠다고 했다.

청탁자는 이 글은 청와대의 높은 분들이 볼 것이고, 여러 외국어로 번역되어 외국의 저명인사들도 볼 것이라고 했다. 또 그 글 아래에는 내 얼굴과 프로필이 들어간다고 했다. 말투에서 "영광으로 알라"는 느낌이 없지 않았다.

며칠 후 청탁서가 메일로 왔다. 원고량은 200자 원고지 20장 정도 되었다. 그런데 원고료는 10만 원이라 쓰여 있다. 1장당 10만 원이 아니라 20장 통틀어 10만 원! 청탁서 말미에 이 적은 원고료가 무안했는지 기부라고 생각하라는 글이 적혀 있었다. 청탁서를 보고 고민하다가 이런 답장을 보냈다.

"먼저, 늦게 답장을 드려 죄송하다는 말씀을 드립니다. 원고를 쓰지 않겠습니다. 일단 받아들인 청탁이라 원고를 구상하다가 이건 도저히 아니다 싶었습니다. 작가는 글을 쓰는 것을 업으로 하는 사람입니다. 그 글의 가치는 대체로 돈으로 환산됩니다. 그런데, 한국의 작가들은 자신의 일에 대해 적절한 대접을 못 받고 있습니다. 영향력 있는 매체일수록 작가에게 굴욕을 감수하라 합니다. 몇 날 며칠의 취재와 원고 작성으로 받는 돈은 거의 푼돈 수준인 게 대부분입니다. 국가브랜드위원회, 즉 국가의 일이라 하지만 작가에 대한 기본적인 예의라는 것이 있습니다. 원고지 20장 정도의 분량을 쓰면서 10만 원의 원고료를 받는다는 것은, 그것도 국가의 기관으로부터 그런 대접을 받는다는 것은 제 자존심이 허락하지 않습니다. 그 글로 인하여 제 가치가 올라간다 하지만 그 가치는 제 자존심을 팔아 얻는 것이니 허망한 일이 될 것입니다. 많은 고민을 하다가 내린 결론이라 답이 늦었습니다. 죄송합니다."

이틀 있다가 국가브랜드위원회로부터 답장이 왔는데, "말씀에 동감을 하지만 해결하지 못해서 죄송하다"는 내용이었다. 애초 예산을 잡을 때 그 원고료였을 것이다. 국가의 일에 원고료 따지는 '쪼잔한' 나 같은 인간이 있을 줄은 생각하지 못했을 것이다.

이 일이 있고 얼마지 않아 한국 대통령이 미국을 방문했는데, 연설문 원고료가 문제가 되었다. 대통령이 미국

방문 중에 한 공식 연설은 상·하원, 상공회의소, 백악관 환영 행사, 백악관 국빈 만찬, 국무부 오찬 등 다섯 차례였다. 이 다섯 차례의 연설문 초안을 작성하는 데에 4만 6,500달러(약 5,180만 원)를 미국의 로비 업체에 지급했다는 보도가 있었다. 이와 관련해 정부의 일을 잘 아는 사람은 "비용 같은 것은 따질 것이 아니다"라고 했다. 그럼에도 나는 대충 따져봤다. 나 같은 글쟁이는 원고료에 민감할 수밖에 없는데, 미국의 잘나가는 글쟁이 원고료는 얼마나 되나 궁금했다.

미국의 로비 업체가 쓴 원고의 총량은 알 수가 없다. 그 연설문들의 전문이 소개되어 있지 않기 때문이다. 상·하원 연설은 공개되어 있는데, 그 대략의 원고량을 계산하니 200자 원고지 70장이 나왔다. 이를 기준으로 다섯 건을 나누니 원고지 1장당 15만 원의 원고료가 지급된 것으로 나온다. 행사의 성격상 상·하원 연설이 제일 길 것인데, 그런 것은 무시했다. 이 원고료면 당시 국내 일반 원고료의 10배 정도 된다. 국가브랜드위원회에서 내게 주겠다는 원고료와 비교를 하면 30배이다.

이후에 한국 대통령의 미국 상·하원 연설문을 읽어보

왔다. 조잡하기 이를 데가 없는 글이었다. 그 정도의 글에 그 많은 원고료가 지급될 수 있는 국가인데, 한국의 전문 글쟁이는 국가에서조차 푸대접을 받는다. 이 푸대접에서 벗어나는 방법은 단 하나밖에 없다. 그 글에 붙은 이름값을 올리는 것이다. 이름값을 얻으면 원고지 10여 장의 글로 1,000만 원도 받을 수 있다. 그 단계에 이르기까지 지켜야 하는 것은 글쟁이로서의 자존심이다. 글을 공짜로 써줄 수는 있어도 자존심을 구겨서까지 푼돈을 얻으려고 하면 이 싸움에서 진다.

돈은 있다가 없다가 한다. 있으면 좋고 없으면 안 좋을 뿐이다. 자존심은 있다가 없다가 하는 것이 아니다. 자존심은 한번 무너지면 아예 없어진다. '무너진 자존심을 세우는 일' 같은 것은 없다. 최종으로 지켜야 하는 것은 자존심이다. 자존심이 최종에는 인간을 먹여 살린다.

'나'를 지키기 위해 연재를 끊다

한국의 전문 글쟁이들은 자신의 글에서 자신을 지칭하는 단어로 '필자'를 흔히 쓴다. "필자는 이렇게 저렇게 생각한다"는 식이다. 또, 기자들은 자신의 기사에서 자신을 '기자'라고 표현하고, 단행본 저자는 자신의 책에서 자신을 '저자'라고 한다.

필자, 기자, 저자. 이들 단어가 문장에서 쓰이는 인칭은 묘하다. 필자, 기자, 저자라는 단어를 '나'로 대체할 수 있으니 1인칭인 듯하지만, 스스로 필자, 기자, 저자라고 표현하려는 뜻은 글 속의 자신을 3인칭으로 읽어달라는 의지를 담고 있다. 그러니까 자신의 글에서 자신을 3인칭으로 보이게 하려고 필자, 기자, 저자라는 단어를 쓰는 것이다.

글 쓰는 일로 밥을 버는 사람들은 자신의 글이 늘상 객관적이고 가치중립적인 것처럼 위장한다. 이런 위장은 자신의 생각과 반대편에 있는 사람들의 공격을 누그러뜨리기 위한 수단이 되기도 하며, 한편으로는 그 글에 대해 마땅히 져야 할 책임을 피하려는 의도가 숨어 있다. "이 글을 이아무개 개인의 글이 아니라 이런 일에 전문적인 지식이 있는 제3자인 누군가의 글이다" 하고 스스로 3인칭의 단어 안에 숨는 것이다.

나는 뉴저널리즘 신봉자이다. 객관성 신화에 대해 거부감을 가지고 있다. 모든 글은 주관적이며, 따라서 자신의 주관을 오히려 더 정확히 드러내는 글을 써야 한다고 주장한다. 그러니 자신의 글에서 자신을 3인칭으로 묘사하는 일은 내게 용납이 되지 않는다.

농민신문사 기자로 일을 할 때 나는 기자라고 쓸 자리에 '나'고 쓰고 이를 관철하려고 했으나 회사에서는 용인하지 않았다. 여러 차례 시도를 하다가 월급쟁이끼리 이런 것으로 얼굴 붉힐 일은 아니다 싶어 뒤로 물러나고 말았다.

이제 기자도 아니니 어느 글에서나 '나는'이라고 쓴다. 그러면 어떤 편집자는 이를 친절하게도 '필자는' 하고 고친다. 그러면 나는 그냥 두라고 따진다. 상대가 고집하면 내 글을 거두어버린다.

한 시사 주간지에 연재를 할 때였다. 여느 글처럼 그 연재물에 '나'라는 단어를 썼고, 내 글은 무리 없이 게재되고 있었다. 어느 날에 배달된 주간지를 펼쳐보니 '나'가 있어야 할 자리에 '필자'가 있었다. 담당 기자에게 전화를 하니 편집장이 바뀌었는데, 그가 '필자'로 고쳤다고 했다. 나는 '나'를 고치지 말라는 말을 편집장에게 전해달라고 했다. 편집장은 '필자'라고 써야 한다는 말을 내게 전해왔다. 그러면 연재를 끝내자고 통보를 하고 더 이상 글을 보내지 않았다. 내 글에서 '나'를 지키기 위한 것이었다.

한국의 전문 글쟁이들은 대체로 객관성과 가치중립성이라는 '거짓 신화' 안에 안주하면서 자신의 글로 해서 마땅히 져야 할 책임을 덜려고 한다. 그러나 이 세상의 모든 글은 그 글을 쓰는 사람의 주관적 판단과 가치관에 의해 쓰일 수밖에 없다. 눈앞에 보이는 실재를 그대로 묘사한 '책상에 컵이 있다'는 문장을 썼다고 했을 때에도 책상에 있는 컵을 쓰겠다고 생각한 그 자체가 이미 주관적이다. 실재한 사건 그대로를 옮기는 스트레이트 기사를 두고도 객관성이 있다고는 할 수 없다. 예를 들어, 교통사고가 나 두 명이 다친 사건을 단신 기사로 쓴다고 했을 때 그날의 수많은 사건 중에 그 교통사고를 기삿감으로 선택한 그 자체부터가 주관적이다.

글을 쓰는 사람이라면 '이 글의 견해는 나의 것이며, 이 견해에 대한 책임도 나에게 있다'는 생각을 마땅히 해야 한다. 이 사회에서 스스로 지식계급에 든다고 생각하는 사람들은 더더욱 이런 책임 의식에 충실해야 한다. 필자, 기자, 저자 등의 3인칭 안에 나를 숨기지 말아야 한다.

좋은 게 좋은 것이 아니다

언론 매체는 객관적이지 않다. 특히 식당 기사는 주관적 광고물이다. 식당의 음식이 얼마나 맛있는지 감각적 언어로 포장할 뿐이다. 2000년대 중반에 들어 외식업체의 인터넷 블로그 마케팅이 활성화하면서 언론 매체의 홍보성 기사가 많이 줄기는 했으나 그 전통은 지금도 이어지고 있다.

내 글에서 식당이 등장하기는 한다. 음식에 대한 평가는 그다지 우호적이지 않다. 단점을 더 많이 드러낸다. 본격적인 미식 비평이라 하기에는 부족해 보여도 모름지기 매체에서 음식을 다룰 때는 주례사 비평만은 피해야 한다는 내 생각을 실천하고 있다. 식당 기사인데 좋은 게 좋은 거 아니냐는 반론이 있을 수 있다. 나도 그러는 것이 편할 수 있다. 그럴 것이면 적어도 비평을 한다는 말은 하지 말아야 한다. 기사 상단이나 하단에 "본 기사는 식당 홍보용으로 작성되었습니다" 하고 토를 달아야 한다.

비평의 영역은 실로 다양하다. 인간의 모든 문물이 비평 대상이다. 비평은 주관적 감상이 아니다. 객관적이고 보편적인 시각으로 대상을 관찰하는 작업이다. 그러니 비평을 하려면 비평의 기준이 설정되어야 한다. 그러려면 먼저 비평 대상에 대한 개념이 정립되어야 한다. 비평의 기준은 개념의 자식이다. 음식 비평을 하려면 요리에 대한 개념부터 세우는 게 순서이다.

개념은 그 개념의 용도에 따라 다양하게 정립된다. 한 대상에 대해 사전적 개념, 철학적 개념, 사회학적 개념 등이 달리 서술된다. 내게 필요한 것은 요리에 대한 개념인데, 음식 비평이라는 용도에 맞춘 개념이다. 온갖 문헌을 뒤져도 음식 비평을 위한 요리의 개념을 정립해놓은 사람은 없었다. 내가 만들 수밖에 없었다.

내가 정립한 요리의 개념은 이렇다.

"요리란 식재료의 장점을 극대화하고 단점을 극소화하는 행위이다."

어떻게 이런 개념이 정립되었는지 내게 물어봤자 오랜 사색의 결과로 얻어낸 것이라는 말 외에 대답할 것이 없다. 몇 달을 사색해서 문득 떠오른 문장이다. 내가 정립한 요리에 대한 개념을 20년 넘게 요리사 등 관련 업계 사람들에게 소개하고 있다. 다들 일리가 있다고 했다. 그러면 된 것이다. 인간의 지적 활동은 일리를 얻기 위한 것이다. 진리를 추구할 수도 있겠지만 진리는 인간의 영역 밖에 있다.

나는 "요리란 식재료의 장점을 극대화하고 단점을 극소화하는 행위이다"라는 요리의 개념에 따라 비평의 기준을 만들어 음식을 품평한다. 내 기준은 이렇다.

첫째, 계절에 맞는 최상의 식재료를 선택했는가.

둘째, 식재료의 장점을 극대화하기 위해 적절한 조리법이 선택되었는가, 또 이를 잘 실현했는가.

셋째, 식재료의 단점을 극소화하기 위해 적절한 조리법이 이용되었는가, 또 이를 잘 실현했는가.

넷째, 그릇과 담음새가 음식을 즐기는 데에 도움이 되었는가.

다섯째, 시각적 즐거움을 주기 위해 어떤 노력을 했는가.

위에 서술한 요리에 대한 개념과 비평의 기준은 전적으로 나만의 것이다. 나 이전에 어느 누구도 음식 비평과 관련하여 이 같은 작업을 해놓은 적이 없다. 누군가 음식 비평을 하겠다며 내가 정립한 개념과 기준을 그대로 가져다 써도 무방하다. 내가 정한 개념과 기준이 마음에 들지 않으면 자신만의 개념과 기준을 마련해도 된다. 비평이란 게 원래 이런 것이다. 비평은 개별적인 작업이지만 적어도 기준이 있어야 한다. 기준도 없는 비평은 인상비평이라 한다. '내 느낌이 이렇다'는 정도의 비평이다. 인상비평은 개나 소나 다 한다. 전문가의 일이 아니다.

나의 본격적인 음식 비평 작업은 〈위클리 프라이데이〉에서 처음 이루어졌다. 도시의 젊은 소비자를 위한 생활 잡지였다. 2001년에 창간을 했는데, 창간과 거의 동시에 내 비평이 시작된 것으로 기억한다. 편집자가 같은 종류의 음식을 내는 몇몇 식당을 정해주면 몰래 가서 먹어보고 점수를 내는 방식이었다. 짧은 글이었으나 나만의 비평 기준을 적용하여 냉정하게 평가를 했다.

얼마지 않아 식당과 다툼이 발생했다. 비평이 너무 혹독하다는 것이었다. 매체에서 식당 홍보 기사만 보아오던 식당 주인 입장에서는 황당했을 수도 있었다. 편집자는 혹시 분쟁이 발생할까 싶어 전담 변호사까지 두었다. 5점 만점에 0점을 준 식당도 있다. 편집자가 0.5점이라도 달라고 했으나 나는 타협하지 않았다. 재료며 조리법이 최악인 식당이었다. 그 식당은 아예 싣지 않는 것으로 해결을 보았다. 〈위클리 프라이데이〉 연재는 그리 오래가지 못했다. 1년 정도 하니 식당 섭외가 안되었다. 식당 주인과 요리사가 두려워하는 존재로 황교익이 각인되는 데에 〈위클리 프라이데이〉가 한 역할을 했다.

"좋은 게 좋은 거잖아?"

사회생활을 하며 흔히 듣는 말이다. 적어도 내 영역의 일에서는, 그렇게 하여 오래가는 경우를 나는 보지 못했다. 식당 홍보성 글을 쓰는 이들은 무수히 있었다. 대부분 이름도 없이 사라졌다. 업계 사람들은 이들을 이용할 뿐 존경심은 없다. 그러니 쉽게 대체되어 사라지는 것이다.

전문 영역의 일을 하려면 자신만의 기준을 세우고 그

기준을 지키는 일에 최선을 다해야 한다. 주변 사람들에 의해 냉정하다는 소리를 들어도 괜찮다. 심지어 욕을 먹을 수도 있을 것이다. '좋은 게 좋은 거'라고 뒤로 물러서면 모든 것을 잃을 수 있다. 자신의 기준을 지키며 작은 것을 잃는 게 낫다.

냉정하게 자신의 기준을 지키다 보면 주변에서 이런 말을 듣게 될 것이다.

"모난 돌이 정 맞는다."

맞다. 정을 맞게 되어 있다. 사회적 관습에 맞서서 자신의 기준을 지키면 이런 말도 듣게 될 것이다.

"이놈아, 계란으로 바위 치기다."

이 말도 맞다. 나 하나 신념을 지킨다고 세상이 내 편을 들어주지 않는다. 모나지 않게 눈치껏 행동해야 편안한 삶을 보장받을 수도 있다. 그렇게 살아도 된다. 다만, 모가 나고 무모하다고 해서 반드시 인생이 실패하는 것은 아니다. 사는 방식이 다를 뿐이지 성공과 실패는 모르는 일이다. 정에 맞아서 머리가 깨져도 바위에 부딪혀 온몸에 피멍이 들어도 최종에 만족하게 웃을 수 있는 삶도 있다. 인생은 저마다의 인생이 있을 뿐이다.

어려워도 처음 하는 일은 의미가 있다

네이버에서 연재 청탁이 온 것이 2009년이었다. 네이버는 지식백과에 대한민국 음식 전체를 담으려고 했다. 접근 방법은, 기존의 식당 취재와는 달랐다. 재료 중심으로 취재를 해달라고 했다. 농민신문사에서 식재료 생산 현장 취재를 한 적이 있으니 적합한 필자로 나를 선택한 것이다. 1주일에 한 건씩 2년간의 연재 계약을 맺었다. 원고료가 만족스러운 것은 아니었으나 여타 매체보다는 나았다.

연재 계약을 하고 나서 취재 목록을 뽑으며 이게 만만치 않은 일임을 깨달았다. 이전에 어느 누구도 이런 작업을 해놓은 적이 없었다. 흔히 "맨바닥에 헤딩을 한다"고 말하는 그런 일이었다. 그래도 한번 해놓으면 많은 사람이 도움을 받을 듯했다. '그래, 2년만 매달려보지' 했다.

취재라고 하면 대체로 현장 취재만을 떠올리지만 사전 취재에 시간이 더 많이 걸린다. 가령, 남해 시금치를 취재한다고 생각해보자. 시금치의 생태에 대해 먼저 알아야 한다. 지금은 인터넷을 뒤지면 여기저기 자료가 있으나 그때에는 그런 게 드물었다. 농촌진흥청에서 발행하는 시금치 재배 책자가 가장 잘 믿을 만한 자료이다. 남해만이 아니라 타 지역의 시금치 농사 사정은 어떤지 파악해야 한다. 현장에 가기 전에 남해의 지방정부와 농업기관에 연락하여 현장에서 만날 사람들을 섭외해야 한다. 교차 검증을 위해 현장에서 여러 사람을 만나야 한다. 사진을 어떻게 찍을 것인지 그림도 미리 그려야 한다. 이런 사전 취재에 하루나 이틀이 걸린다.

현장 취재는 하루가 기본이나 어떨 때는 이틀이 걸린다. 시금치밭에서 농민의 말을 기록하고 사진을 찍는다. 절대 한 농가만 들러서는 안 된다. 농민마다 말이 다르기 때문이다. 보편성을 확보하려면 적어도 세 농가 이상 취재를 해야 한다. 그러니 현지를 뱅뱅 돌아야 한다. 중간상도 만나고 시장에도 가봐야 한다. 해가 뜨면 취재 시작, 해가 지면 취재 끝이다. 이동은 밤에 한다. 입에 단내가 난다.

돌아와 사진을 정리하고 원고 작업을 하는 데에 하루가 걸린다. 1주일에 한 건의 원고를 주어야 하는데, 그 한 건의 작업에 사흘에서 닷새의 시간을 들여야 한다. 그러니 다른 일을 할 수가 없다. 넉넉하지 않은 원고료에 그 일을 한다는 것이 무리였다. 그럼에도 멈추지 않고 했다. 내게는 큰 경험이고 공부이기도 했기 때문이었다.

2년을 연재하고 나니 취재해야 할 것이 또 눈에 보였다. 내친김에 1년 더 했다. 원고료 인상을 요구했으나 네이버에서는 이렇게 말했다.

"네이버 필자 중에 가장 많은 원고료를 받고 계세요."

그때 네이버는 열심히 공짜 콘텐츠를 받아다 게재했다. 잡지사 등과 제휴를 하여 기사로 올랐던 것을 재활용했다. 부실해도 공짜이니 좋다고 실었다. 네이버가 큰 실수를 한 것이다. 콘텐츠 중심의 포털을 만든다면서 콘텐츠에 투자를 하지 않는다는 게 말이 되는가.

나는 3년간 153건의 팔도 음식을 취재해서 네이버 백과사전에 실었다. 그럼에도 아직 취재할 것이 남아 있다. 나중에 조금씩 채워 넣을 생각을 하며 연재를 끝냈다. 그러나 더 채울 수 있는 기회는 앞으로도 없을 것이다. 일에는 타이밍이 있다. 무엇이든 할 때 해야 한다. 지나고 나면 후회만 남게 된다.

3년간 꼬박 현장에서 뒹굴었고, 그 자료가 '팔도식후경'이라는 이름으로 네이버에 실려 있다. 이 연재물을 가장 반겼던 이들이 요리사이다. 요리사는 식재료 생산 현장을 잘 모른다. 주방에서 벗어날 시간이 없기 때문이다. 요리를 잘하려면 식재료에 대한 지식이 있어야 하는데, 그 지적 욕구를 네이버의 내 연재물이 채워주었다.

"무슨 식재료이든 검색을 해서 보면 그 뒤에 선생님의 이름이 붙어 있어요. 늘 고맙게 생각하고 있었어요."

요리사에게서 가장 많이 들었던 말이다.

네이버 연재 이후에 식재료 생산 현장에 관심을 가지고 취재를 하는 작가들이 부쩍 늘었다. 내 연재물보다 더 깊이 있는 글과 사진을 보기도 한다. 나는 그들보다 조금 앞서서 그 일을 했고, 내 글과 사진이 그들에게 도움이 되고 있으면 고마울 따름이다.

내게 다시 식재료 생산 현장을 취재해달라고 하면 나는 거절할 것이다. 한겨울 바닷바람을 맞으며 새벽 별을 보는 일은 이제 하고 싶지 않다. 한여름 비닐하우스 안에서 땅바닥을 기는 일도 이제 하고 싶지 않다. 억만금을 주어도 하기 싫다. 나는 이제 늙었고 조금은 편한 일을 하고 싶다.

네이버 연재 이후 나를 찾는 사람들이 부쩍 늘었다. 식품업계와 외식업계에서 내 말을 들으려고 했다. 아이템과 스토리가 필요했기 때문이다. 매체의 청탁도 부쩍 늘었다. 음식 글의 소재가 확장된 것이다. 내 시각도 크게 달라졌다. 음식을 대하면 식재료 현장이 자동으로 떠올랐다. 글로 배운 것과 현장에서 배운 것이 내 머리에서 화학적 결합을 하고 있었다. 음식과 관련해 아무 질문이나 하면 답이 자동으로 툭 튀어나오는 경지에 다다르고 있었다.

자신에게 무리한 일이 주어질 때가 있다. 고생스럽고 돈이 안되면 최악이다. 그럼에도 해볼 만한 일은 있다. 다른 어느 누구도 한 적이 없는 일이면 덤벼볼 만하다. 남들이 해놓았던 일인데 이를 따라서 하거나 다시 하는 것이면, 돈을 왕창 벌 수 있는 것이 아니면 하지 않는 게 낫다. 한 사람에 대한 평가는 최종적으로 경력을 근거로 하게 된다. 자신이 한 일이 이미 여러 사람이 했던 일이면 그저 그런 경력으로 보일 뿐이다. 세상은 1등만 기억한다고 말한다. 사실이다. 1등은 잘해서 1등이기도 하지만 처음 해도 1등이다.

5장
'까칠한 황교익'의
탄생과
그 그림자

"인생은 겁내면 진다. 타인들에게 인정받지 못할 것이라는 두려움은 여러분을 비겁하게 만들 수 있다. 타인의 눈치나 보면서 한평생을 보낼 것인가."

존재보다는 '존재 이유'

2010년이었다. 다큐멘터리 감독이 인터뷰를 하자고 했다. 합정동의 어느 카페였다. 당시에 식당 소개 음식 방송이 인기를 얻고 있었고, 이를 고발하는 다큐라고 했다. 나는 MBC의 〈찾아라! 맛있는 TV〉에 대해서는 잘 알고 있었다. 기획 단계에서부터 자문을 했기 때문이다. 애초 식재료에 중점을 두겠다는 기획 의도와는 달리 식당 홍보에 열중하고 있었다. 스타 맛집으로 소개되는 식당에서는 후원금을 받고 있음도 알고 있었다. 이런 일은 숨길 것이 아니라고 여겼다. 다큐 감독도 그 사정을 잘 알고 있었다.

인터뷰 말미에 감독은 따지듯 내게 물었다.

"한국 음식 방송은 왜 이래요?"

잠시 호흡을 멈추었다가 내 심중에 있던 말을 뱉었다.

"시청자가 천박하니까 그런 방송밖에 못 보고 그런 음식밖에 못 먹는 것이지요. 방송이든 음식이든 시청자의 수준에 맞추어지는 것이지요."

음식과 방송이라는 단어를 정치로 바꾸면 이 말은 익숙하다.

"국민은 자신의 수준에 맞는 정치를 가질 수밖에 없다."

세상의 이치는 똑같다. 음악, 문학, 패션 등등 모두 이 논리에 자유로울 수 없다. 세상의 거의 모든 것은 그와 관련한 인간의 수준을 반영할 뿐이다.

내가 이 말을 뱉을 때 감독이 지었던 표정을 나는 아직도 기억하고 있다. 큰 충격을 받은 것이 분명해 보였다. 그는 MBC에서 PD로 일했으며 독립제작사를 운영하고 있었다. 그는 방송사에서 시청자의 수준에 맞추어 방송을 제작했을 것이다. 그런데, 내가 시청자가 천박하다고 했으니 자신에 대한 지적처럼 느껴졌을 것이다. 그가 김재환 감독이고, 그때의 인터뷰 이후 지금까지 인연을 이어오고 있다.

이듬해 다큐는 〈트루맛쇼〉라는 제목으로 개봉을 했다. 감독은 실제로 식당을 차려서 방송 맛집이 어떻게 만들어지는지 자세하게 보여주었다. 다큐는 큰 파장을 몰고 왔다. 방송에 나오면 맛있는 집으로 인증을 받은 것이라고 생각하고 식당 앞에 줄을 섰던 시청자들이 황당해하며 보았다. 내 인터뷰 장면은 관객이 스스로를 돌아보게 하는 용도로 쓰였다. 그래, 우리가 천박했어.

다큐를 본 사람들은 다들 내 인터뷰를 말했다. 그만큼 메시지가 강했다. 나는 극장에서 다큐를 보다가 내 인터뷰 장면에서 정신이 아득해졌다. 험난한 내 미래가 겹쳐서 보였다. 나는 이제부터 언론은 물론이고 대중과의 관계에서도 원만하지 못할 것임을 예감했다. 내 안에 순결 콤플렉스가 가득함을 그 다큐에서 확인했기 때문이다.

보통의 사람은 시청자가 천박하다고 생각을 해도 시청자 앞에서 그 말을 입 밖에 내지 않는다. 그 말이 사실이고 시청자가 당장에 받아들인다 해도 앙금은 남게 마련이다. "니가 뭔데?" 하는 반발감이 반드시 발생한다. 인간의 감정은 단순하다. 자신의 흠결을 드러내는 사람을 좋아하지 않는다. 소크라테스를 죽인 이유도 마찬가지이다. "너 자신을 알라"며 자신의 못난 점을 고백하라고 하는데 곱게 보일 리가 없다. 인간은 말이 맞고 틀리고의 문제보다 기분이 좋고 나쁘고의 문제에 더 민감하다. 이런 것은 인간이면 본능으로 안다. 나는 〈트루맛쇼〉에서 그 경계를 넘어버렸다.

〈트루맛쇼〉 이후 사람들은 내 말에 귀를 기울였다. 2012년 김재환 감독은 JTBC에서 〈미각스캔들〉을 제작했다. 〈트루맛쇼〉의 포맷을 이어받은 고발 프로그램이었다. 방송 아이템은 내가 제공한 것이었다. 여기에 출연을 하게 되면서 〈트루맛쇼〉에서 창안된 내 이미지가 굳어졌다. 온갖 음식에 대해 '지적질'을 하는 까칠한 미식가라는 이미지이다.

방송은 내용도 중요하지만 출연자의 캐릭터가 프로그램의 성격을 결정한다. 한번 정해진 캐릭터는 좀처럼 바꾸기가 어렵다. 시청자는 고정된 캐릭터가 방송에 계속 등장하기를 바라기 때문이다. 〈미각스캔들〉에서 나를 주인공으로 맛있는 계절 음식을 다루는 꼭지를 만들었으나 반응이 시들하여 곧 닫고 말았던 것도 그 이유이다.

황교익의 존재 이유

나에 대한 대중적 인지도가 높아갈수록 내 캐릭터에 대한 고민이 더욱 깊어졌다. 나는 나를 떼어놓고 관찰했다. 황교익은 대체 어떤 인간인지 분석했다. 내 안의 욕망을 들여다보았다. 무엇보다도 이 질문을 황교익에게 했다.

"너는 뭐니?"

존재론적 고민이었다. 답이 찾아지지 않았다. 지금도 그렇다. 나는 내가 누구인지 모르겠다.

나는 유물론자이다. 그렇다고 종교를 아예 멀리하지는 않는다. 세상의 모든 종교가 마음에 담을 만한 무엇을 우리에게 준다. 특히 스님과 말을 나누는 것을 즐긴다. 그들의 세상은 좁지 않아서 좋다. 우주적이다. 일상의 고민 따위는 스님과의 대화 앞에서 한순간에 무너진다. 그래서 사찰에 자주 간다. 오래전에 사찰에서 만난 인물이 있다. 독성이다.

사찰에는 한반도 토속신앙을 흡수한 흔적이라는 신당이 있다. 본당 뒤나 옆에 조그만 건물을 세우고 토속 신을 모셔놓았다. 산신, 칠성신, 독성이다. 이 셋을 각각 모시기도 하고 한 사당에 나란히 모시기도 한다. 산신이나 칠성신은 우리의 자연관에서 출발한 토속 신이다. 그런데 독성은 그 태생이 다르다. 인도 천태산에서 깨우친 '불교 안의 인물'로 묘사된다. 그런데 다른 나라의 불교에는 이 독성이 존재하지 않는다. 불경에도 없다. 한국 불교에만 있는 인물이다. 독성은 나반존자라고도 부른다.

독성이란 '저 혼자 깨우친 사람'이란 뜻이다. 석가모니의 가르침 없이 깨우친 인물이면서도 독성은 석가모니의 제자로 들어간다. 불교의 종교적 최종 경지는 윤회를 끊고 열반에 드는 것이다. 석가모니와 그 제자들이 윤회를 끊고 열반에 들 때 독성은 열반에 들지 않는다. 세상의 모든 중생이 열반에 들기 전에는 스스로 윤회를 끊지 않겠다고 선언한다. 독성은 중생과 함께 끊임없이 윤회하며 중생의 깨우침을 기다리는 부처이다.

사찰에 모셔져 있는 독성은 흰머리에 흰 수염을 늘어뜨리고 있다. 도인 같다. 종교적 상징물이니 그렇게 그려져 있는 것이지 독성 스토리대로 하자면 현재 사람으로 그려져야 한다. 여러분의 바로 옆에 독성이 있을 수가 있다. 부자일 수도 있고 거지일 수도 있으며, 성자일 수도 있고 범죄자일 수도 있다. 누구든 독성일 수 있다.

인간의 신분 상승 욕구는 본능이다. 돈 많이 벌고 박사 따고 유명해지면 "출세했네"라며 부러워한다. 석가모니는 자신을 따르는 제자들과 열반에 들었으니 속된 말로 표현하면 출세를 한 것이다. 독성은 출세 앞에서 멈추었다. 불경에 이름도 남기지 않았다. 그는 자신의 존재보다는 자신의 존재 이유를 붙잡았다. 독성은 불가의 "넌 뭐니?" 하는 존재에 대한 질문을 "나는 왜 필요하지?" 하는 존재 이유에 대한 질문으로 바꾸어놓고 있다.

나는 내가 뭔지 모른다. 다만, 나의 존재 이유를 끝없이 되물을 수는 있다. 현재에 내가 할 수 있는 것은 황교익이라는 존재를 필요한 곳에 적절하게 써먹는 것이다. 황교익은 까칠한 미식가를 넘어 까칠한 인간으로 자리를 잡을 것이 분명해 보였고, 황교익의 존재 이유를 확인하는 일이 전개될 것이라는 예측을 하는 수준에서 내 고민은 멈출 수밖에 없었다.

모두가 진다고 한 천일염 전쟁

2008년 '천일염 세계 명품화 사업'이 정부의 주요 정책 사업으로 전개되었다. 천일염은 천연 갯벌에서 생산되는 저나트륨에 미네랄이 풍부한 소금이므로 이를 세계 시장에 명품으로 판매할 수 있다고 했다. 처음에 나는 이 말을 믿었다. 정부가 식품의 질에 대해서 거짓말을 할 것이라고는 생각하지 못했다.

그 당시 나는 한 인터넷 쇼핑몰의 상품 선정 자문을 하고 있었다. 천일염도 상품으로 선정하기 위해 전남 신안의 천일염전을 찾았다. 생산자를 만나고 염전을 둘러보고 자료를 뒤졌다. 정부의 자료와 내가 확보한 자료에 어긋나는 것들이 있었다. 관련 학자들에게 전화를 했다. 대답이 명료하지 않았다. 정부의 눈치를 보고 있는 것이 분명했다.

정부 주관의 천일염 심포지엄이 열렸다. 정부가 식품제조업체들에게 천일염을 원료로 사용하도록 압박을 넣기 위한 행사였다. 내가 연구위원으로 있는 사단법인 향토지적재산본부의 연구원이 심포지엄에 참석했고, 그가 심포지엄에서 있었던 작은 소란을 들려주었다.

"식품제조업체야 정부 눈치를 볼 수밖에 없잖아요. 천일염을 쓰라는 압박에 다들 수용해야 한다는 분위기였지요. 그런데 한 식품회사의 연구원이 손을 번쩍 들고 질의를 했어요. '천일염은 식품 원료로 쓰기에는 부적합합니다. 천일염은 수분 함량이 제각각이라 제품의 염도를 일정하게 유지할 수가 없어요. 수분 때문에 제품이 눅눅해지기도 해요. 또 천일염에 함유된 염화마그네슘은 쓴맛을 내요. 천일염을 식품 원료로 쓰려면 이런 거부터 개선해야 합니다.' 분위기가 싸늘해졌지요. 정부 사람들이 다 앉아 있는데, 그 연구원의 용기가 대단해요."

식품회사의 연구원은 정부의 천일염 자료와 내가 찾아서 보았던 여타 소금 자료에서 어긋나는 지점을 파악하고 이를 근거로 천일염의 문제점을 지적한 것이었다. 정부가 국민을 속이고 있음이 분명했다. 천일염이 저나트륨 소금으로 보이는 것은 단지 수분이 많아서 일어나는 착각이며, 미네랄이 많다는 것도 염화마그네슘이 많은 것이니 이는 천일염의 하자였다.

이후 몇 차례 더 염전에 가서 현장 확인을 했다. 천연 갯벌에서 생산된다는 것도 거짓말이었다. 염전은 갯벌을 다진 땅이었고, 심지어 그 땅에다 비닐장판을 깔았으니 천연이라 할 수가 없다. 염전에 장화를 신고 들어가 소금을 밟는데, 이를 그대로 먹는 것이 과연 위생적인가 하는 의문이 들었다. 염전이 외부에 노출되어 있으니 비산먼지도 문제였다.

맛칼럼니스트로서 식품에 대한 거짓말을 그냥 둘 수는

없었다. 그런데 거짓말의 중심지가 정부라는 것이 큰 부담이었다. 정부가 전개하는 식품 정책 사업에 대해서는 학계와 언론계가 대체로 우호적인 태도를 취한다. 정부 예산이라는 떡고물이 그들에게도 떨어지기 때문이다. 거기에다 천일염 세계 명품화 사업은 '애국 사업'으로 보이기도 했다. 대중의 반발도 만만치 않을 것임이 짐작되었다.

그럼에도 하나하나 문제를 지적해나갔다. 거의 전쟁이었다. 〈조선일보〉 칼럼에서 천일염 미네랄 문제를 지적하자 생산자 단체가 신문사의 편집국에 난입을 하여 나의 퇴출을 요구했다. JTBC 〈미각스캔들〉에서 염전의 위생 상태를 지적하자 생산자 단체가 중앙일보사 건물 앞에서 현수막을 걸고 시위를 했다. 강연을 할 때면 이들이 나타나 고함을 지르며 항의를 했다. 내 편에 함께 서주는 사람은 아무도 없었다. 학계는 침묵했고 언론계는 내 주장에 흠집을 내었다.

"선생님이 집니다. 중앙정부, 지방정부, 생산자 단체, 학계, 언론계 모두가 적인데, 혼자서 어떻게 이겨요. 포기할 줄도 알아야 해요."

나와 친분이 있는 이들은 한결같이 나의 천일염 전쟁

을 말렸다. 나는 속으로 이랬다.

'내가 이때까지 배워온 것은 그렇게 살지 말라는 것이었어. 목에 칼이 들어와도 진실을 말하라고 배웠어. 그런데 그걸 하지 말라고? 내가 몰랐으면 또 몰라. 내가 맛칼럼니스트가 아니면 또 몰라. 모르는 척해도 되겠지. 나는 음식에 대해 말을 해야 하는 맛칼럼니스트이고, 그러니 내가 알고 있는 것을 꾸밈없이 말해야 하는 것이 황교익의 존재 이유이지 않겠어?'

중앙정부·지방정부·생산자 단체·학계가 천일염 대책 회의를 열었다. 회의 자료의 작은 제목이 '황교익 대책 회의'였다. 그 문건에는 내게 소송을 걸자는 내용도 있었다. 이후에 나와 관련된 업체와 기관 등에 내용증명과 전화가 날아들었다. 나를 퇴출하라는 내용이었다. 내 밥줄을 끊어놓겠다는 심사였다.

그러길 7년째 되는 해, 그러니까 2015년에 천일염 전쟁의 분위기가 한순간 바뀌는 일이 발생했다. 내 블로그에 천일염 녹인 물을 올린 것이 계기였다. 천일염 녹인 물의 바닥에 흙이 깔려 있었다. 지금의 천일염도 다르지 않다. 그 어떤 천일염이든 물에 녹이면 그 아래에 불순물이

깔린다. 말로 할 때와 눈으로 보여주는 것의 차이가 어떠한지 실감을 했다. 당장에 사회적 이슈가 되었다. 대중이 내 편을 들기 시작했다. 비로소 학계의 몇몇 사람들도 내 편을 들었다. 언론도 내 말에 귀를 기울였고 천일염의 문제를 본격적으로 보도했다.

2016년 이후 나는 천일염 이야기를 거의 하지 않고 있다. 전쟁에서 이겼기 때문이다. 중앙정부·지방정부·생산자 단체·학계·언론계는 자신들의 거짓말에 대해 사과하지 않고 있지만 천일염과 관련한 공격을 멈추었다. 가끔 천일염에 대한 거짓말이 언론에 등장하지만 크게 문제 삼을 만하지는 않다.

7년간의 천일염 전쟁을 치르면서 나는 많은 것을 잃었고 또 많은 것을 얻었다. 언론이 내 주장을 마치 억지인 듯이 몰고 가면서 내 이미지를 손상시켰다. 나와 관련을 맺고 있는 업체와 기관에 내용증명과 전화로 나의 퇴출을 요구함으로써 '소란을 일으키는 황교익'이라는 인물평이 떠돌게 되었다. 얻은 것은, 소수이기는 하나, 내 말을 끝까지 믿어주는 사람들이었다.

돈을 벌고자 하면 나처럼 하면 안 된다. 명예를 얻고자

해도 나처럼 하면 안 된다. '소란을 일으키는 사람'으로 보이면 안 된다. 중앙정부·지방정부·생산자 단체·학계· 언론계의 방해를 이겨내고 바른 정보를 대중에게 알렸다 고 대단한 의지와 능력을 가진 사람으로 인식되지 않는 다. 최종에 남는 것은 '소란을 일으키는 사람'이라는 인상 밖에 없다.

7년 동안이나 천일염 전쟁을 치르면서 천일염의 문제 를 낱낱이 지적을 했고, 마지막에는 언론을 통해 천일염 에 대한 바른 정보가 보도되었음에도 대중의 변화는 거 의 없다. 대중은 천일염에 문제가 있다는 것을 대충 들어 알고는 있는데, 그런 천일염 말고 좋은 천일염이 어디에 따로 있는 줄 안다. 두 시간이 넘게 천일염의 문제를 지적 하는 강연을 하고 난 다음에 듣게 되는 질문이 "선생님이 추천해줄 만한 천일염은 없나요?"이다. 식품에 대한 바른 정보를 전달한다는 것이 이처럼 어렵다.

그러니, 먹고살기 위한 가장 좋은 전략은 문제임을 알 고 있어도 그 문제를 지적하지 않는 것이다. 외면하면 욕 먹을 일도 없다. 문제를 지적하여 바로잡힌다 한들 자신 에게 돌아오는 이득도 없으니, 아니, '소란을 일으키는 사람'으로 찍힐 수가 있으니 외면이 최상의 방법이다.

그러나, 자신의 존재 이유를 확인하면서 살아야겠다고 생각하면 나처럼 해도 된다. 깨지고 욕을 먹어도 나중에는 자존심은 건진다. 져도 된다. 어차피 이겨봤자 얻는 것도 없는데, 진다고 대수이겠는가. "나는 나다" 하고 당당하게 밀고 나가는 것이다. 그렇게 해서 먹고사는 데에 지장이 발생하지 않을까 걱정스러울 수가 있다. 괜찮다. 싸움이 정당하고 논리가 있으면 소수이지만 자신의 편이 되어주는 사람들이 반드시 나타난다. 나를 퇴출하라는 내용증명과 전화를 받고도 오히려 나를 응원하는 업체와 기관이 있었다. 그 소수의 사람들이 곁을 지켜주면 굶어 죽지는 않는다.

거절하지 못했던 수요미식회

2014년 말이었다. tvN PD와 작가가 찾아왔다. 새 프로그램을 만드는 데 자문을 해달라고 했다. 묻는 대로 대답을 해주었다. 다음에 또 찾아와서는 출연 제의를 했다. 안

나간다고 했다. 그들이 준비하고 있는 것은 연예오락 프로그램이었기 때문이다. 일종의 변형된 먹방이었고, 나는 먹방에 대해 비판적 시각을 가지고 있다. 거듭된 부탁에 첫 회만 게스트로 나가기로 했다.

첫 회 녹화를 하며 이들만 두면 안 되겠다는 생각을 했다. 출연자들이 인터넷에 떠도는 음식 상식을 되뇌는 방송이 또 하나 만들어질 수도 있겠다는 염려 때문이었다. 녹화 중간 쉬는 시간에 작가에게 말했다.

"계속해봅시다."

그렇게 하여 〈수요미식회〉를 4년이나 하게 되었다.

〈수요미식회〉에서의 내 역할은 기존의 내 캐릭터의 연장이었다. 제작진도 그렇게 모양을 잡고 있었다. 대중이 지극히 상식적이라고 받아들이고 있는 음식 이야기를 딴지 걸고 뒤집는 게 내가 맡은 일이었다. 쉽게 설명하면 '대중의 상식' 전현무 vs. '전문가 딴지' 황교익의 구도였다. 그 중간에 신동엽이 있었다.

나는 녹화보다는 작가들과의 사전 인터뷰에 더 공을 들였다. 주제 음식에서 다루어야 할 요소들을 끄집어내는 게 제일 중요했다. 한번 전화를 하면 서너 시간이 예사였

다. 하루에 끝을 내지 못할 때도 있었다. 제작진의 열정이
훌륭했다.

〈수요미식회〉를 거듭할수록 내 인지도는 올라갔다.
2년 차가 되자 사람들이 나를 연예인 대하듯 했다. 내 프
로필에 방송인이라고 적히기 시작했다. 대중에게 내가 어
떤 일을 하는 사람인지는 중요하지 않게 된 것이다. '텔레
비전에 나오는 식당 소개하는 아저씨'로 자리를 잡았다.
나를 만나는 사람들마다 이렇게 말을 걸었다.

"어느 식당이 맛있어요?"

최악의 상황이었다.

한국에 외식업체가 60만 개소에 이른다. 이들 외식업체를 다 돌아다니며 음식 맛을 볼 수 있는 사람은 없다. 몇몇 식당이 유명해져 언론과 인터넷을 통해 무한 반복되는데, 이들 몇몇 식당은 우리는 '맛집'이라며 소비하고 있는 것이다. 맛집이라고 소문이 나지 않는 식당은 맛이 없는가 하면, 전혀 그렇지가 않다. 오히려 더 잘하는 식당이 많다. 그래서 〈수요미식회〉를 할 때 이 말을 반복했었다.

"우리 방송은 맛집 선정 방송이 아닙니다."

"맛있는 식당이요? 슬리퍼 신고 갈 수 있는 동네 식당이요."

그러나 이 말들은 시청자의 귀에 꽂히지 않았다. 〈수요미식회〉는 최종으로 맛집 선정 방송으로 시청되었고 나는 맛집 선정 전문가로 인식되었다.

사람들은 방송에 나오면 유명해지고 돈도 벌어 좋을 것이라고 말한다. 일부 그렇기는 하다. 그림자도 짙고 길다. 특히 전문가에게는 방송은 매우 위험한 매체이다. 신뢰도에 손상을 입을 수 있기 때문이다. 전문가의 문제도, 시청자의 문제도, 제작진의 문제도 아니다. 인간이라는 동물적 특성에 따른 일이다.

방송은 감성 매체이다. 글과는 전혀 다르다. 텔레비전은 전문가의 말을 내용 그 자체로 전달하지 못한다. 전문가의 얼굴이 화면 가득 등장하여 여러 표정을 함께 붙여서 전달한다. 말투도 전달된다. 시청자는 전문가의 얼굴을 커다란 화면으로 표정까지 세세하게 읽으며 그의 말을 듣게 되는데, 그러면서 시청자는 전문가에게 친숙함을 느끼게 된다. 연예오락 프로그램에 고정으로 나와서 계속 그러고 있으면 전문가가 아니라 이웃집 사람처럼 여기게 된다. 심지어 가족 같다고 생각한다. 길거리에서 어깨를 툭 치며 "어디 가세요" 하는 사람이 생기게 된다.

서로 잘 아는 사이에서는 전문적 지식에 대한 신뢰도가 떨어진다. 이런 일은 주변에서 흔히 발견된다. 친구 녀석이 주식 투자의 귀재임을 업계에서는 다 알아주는데 친구들끼리는 '사짜' 취급받는다. 아들이 치과 의사인데 실력을 믿을 수 없다고 다른 치과 의사를 찾는 아버지도 있다. 최고의 요리사들이 내 품평을 듣고 싶어 하는데 집안에서는 내 입맛을 믿을 수 없다고 한다.

전문가는 방송에서 대중과 친밀해질수록 전문성에 대

한 신뢰도를 잃는다. 그래서 전문가는 방송에서 자신의 전문성을 어떤 식으로든 강화하는 전략을 쓰기도 한다. 연구실이나 서재 등에서 전문가의 옷을 입은 모습을 자꾸 보여주려고 한다. 친숙함과 신뢰도를 다 같이 잡는 방법이다. 그러나 나 같은 글쟁이는 그 같은 연출에 한계가 있다. 그렇다고 주방에서 칼을 들 수는 없다. 그러면 요리 전문가가 되어버린다. 나는 글쟁이다.

〈수요미식회〉가 휴지기에 들어갈 때 제작진에게 나를 빼달라고 했다. 제작진은 내가 계속 출연해주기를 원했다. 마침 그때 나에 대한 마타도어가 진행되었다. 정치적 마타도어에 업계의 마타도어가 겹쳐졌다. 〈수요미식회〉 게시판이 공격을 당했다. 나를 퇴출하라는 공격이었다. 제작진과 함께 고민에 빠졌다. 이 상황에서 내가 빠지면 마타도어 때문으로 보일 수가 있었다. 제작진도 나도 다 손해다. 이전 시즌을 5부작으로 정리하는 특집을 녹화하고 다시 시작하자고 했다. 동의를 했다가 며칠 만에 생각을 바꾸었다. "저는 이제 빠지겠습니다"라고 통보했다. 제작진이 당황했을 것임을 짐작한다. 그러나 그게 최상의 선택이었다.

〈수요미식회〉는 이미 소재가 바닥나 있었다. 〈수요미식회〉를 하며 "이거 10년은 해야지요" 했던 것은 대중적이지는 않지만 새롭고 흥미로운 미식의 경험을 소개하는 마당이 될 수 있겠다는 생각이 있었기 때문이다. 그러나 본격적인 미식을 다루면 시청률이 나오지 않았다. 떡볶이, 순대, 치킨 같은 대중적인 음식을 다루어야 시청률이 나왔고, 제작진은 이를 재탕 삼탕 했다. 애초에 기획되기로는 예능+교양 프로그램이었는데, 나중에는 맛집 소개 예능 프로그램이 되어 있었다. 이런 프로그램에 나는 어울리지 않았고 〈수요미식회〉에도 도움이 되지 않는다고 판단했다.

〈미각스캔들〉을 할 때도 그랬다. 딱 1년 만에 프로그램을 닫았다. 시청률이 나옴에도 닫았다. 1년이 다 되어갈 때 김재환 감독과 밥을 먹으며 이런 말을 주고받았다.

"선생님, 고발 소재가 더 나올까요?"

"웬만큼 했지요. 1년간 탈탈 털었어요."

"그만할까요? 고발감도 아닌데 고발해서 피해자 생길까 봐서요."

"그만하지요. 언론 피해자가 나오면 안 됩니다."

김재환 감독은 곧바로 JTBC에 종영을 알렸다. 외주제작사가 본사에 가서 프로그램을 그만두겠다고 통보한 사례는 한국 방송 역사에서 이 건이 유일할 것이다. 당시 〈미각스캔들〉 경쟁 프로그램인 〈먹거리 X파일〉은 시청률 나온다고 방송을 이어갔고, 결국은 수많은 피해자를 만들어내었다.

내 이름 뒤에는 〈수요미식회〉가 따라붙는다. 오래 가지 않을 것이다. 새로운 방송 프로그램에 의해 〈수요미식회〉는 대중의 기억에서 사라지고 '수요미식회 황교익'도 함께 사라질 것이다. 남는 것은 거의 없다. 나를 잠시 tvN 제작진이 이용한 것일 뿐이다. 이럴 경우 그 이용을 적극적으로 즐겨야 한다. 다만 끝내는 지점이 있다는 것을 알아야 한다. 자진해서 끝내는 것이 가장 좋다.

〈수요미식회〉 덕분에 인지도는 올랐으나 전문가로서의 신뢰도에는 많은 손상을 입었다. 세상 모든 일이 이와 같다. 빛이 있으면 반드시 그림자가 드리운다. 빛만 쳐다보면 눈이 먼다. 빛과 그림자 모두가 자신의 자산이다. 그림자도 자세히 들여다보면 흥미롭다. 자신의 그림자도 가지고 놀 줄을 알아야 한다.

문재인 지지라는 수렁

2016년 12월이었다. 탁현민에게서 전화가 왔다. 탁현민과는 이전에 팟캐스트 〈밥 한번 먹자〉를 제작하며 친해졌다. 그는 당시에 문재인 캠프에서 일하고 있었다.

"선생님, 문재인 지지 시민 모임인 더불어포럼이 창립되는데, 참여하실래요?"

문재인을 지지하는 수많은 시민 중의 1인이니 어려운 일이 아니었다. 그러라고 했다. 하루 이틀 지나서 다시 전화가 왔다.

"더불어포럼 공동대표를 하시지요."

더불어포럼 '얼굴' 노릇은 다른 일이다. 한국에서는 유명인이 정치적 의견을 표명했다는 것만으로 온갖 비방을 감수해야 한다. 정치인은 정치가 직업이다. 유명인은 정치가 직업이 아니다. 정치인에게 가해지는 상대 진영의 비방은 당연한 것이고, 그 비방은 자신의 직업적 생명에 크게 영향을 주지 않는다. 그러나 정치적 의견을 표명하는 유명인은 그 비방으로 자신의 직업적 생명까지 잃을 수가 있다. 유명인은 정치적 의견이 없는 것처럼 굴어야 한다. 적어도 한국에서는 그래야 편안하게 먹고산다.

탁현민도 이런 사정을 너무나 잘 알고 있었다.

"선생님, 더불어포럼 공동대표가 되는 순간 세상은 달라질 것입니다. 사방에서 공격을 해댈 겁니다. 그러니 안 하셔도 됩니다."

이런 말을 듣고도 하지 않으면 스스로 자신의 비겁함을 드러낼 뿐이다. 탁현민은 비겁함에 기겁하는 내 성정을 잘 알고 있었다.

문제를 단순화하면 이렇다. 내가 문재인을 지지하지 않는 것은 아니다. 이를 공개적으로 앞장서서 할 것인가, 아니면 뒤에서 숨어서 할 것인가의 판단을 요구하는 것이라 할 수 있다. 이 단순한 일을 세상 사람들은 단순하게 대하지 않는다.

유명인이 정치적 의견을 내세워도 일상의 직업에는 지장이 없는 사회가 가능한지 나 스스로를 던져 시험해보고 싶다는 욕심이 발동했다. 더불어포럼 공동대표 제안을 수용할 것인지에 대해 가족, 친구, 선후배에게 의견을 물었다. 그들은 내게 되물었고 나는 답했다.

"너는 정치를 할 것이냐?"

"안 한다."

"임명직 공직이라도 바라느냐?"

"그런 거 안 한다. 나는 글쟁이로 살 것이다."

"그러면 그걸 왜 하느냐. 손해만 본다. 하지 마라."

다들 그러니까 이게 내 길임을 알게 되었다. 거창고 취업 10계명대로 하면 될 일이었다.

"부모나 아내나 약혼자가 결사반대하는 곳이면 틀림이 없다. 의심치 말고 가라."

2017년 1월 14일 더불어포럼 창립식이 열렸다. 단상에서 공동대표 발언을 했다. 단 이틀 만에 여러 사람이 우려하던 일이 벌어졌다. 한 달 전에 출연 섭외를 받고 자료까지 다 넘겼던 KBS 〈아침마당〉 목요특강 제작진이 전화를 했다.

"특정 정치인을 지지하는 분은 출연이 어렵다는 결정이 내려졌습니다. 〈아침마당〉 출연은 없는 것으로 하지요."

KBS 내부 규정 어디에도 근거가 없는 결정이었다. 항의를 했더니 KBS 〈9시 뉴스〉에 나를 억지를 피우는 사람으로 만들어 보도했다. KBS 노조와 민주언론연합에서 항의 성명을 내어도 방송사는 꿈쩍하지 않았다. 이후에

KBS의 새 경영진이 당시의 잘못에 대해 개인적으로 사과했지만 공식적인 사과는 없었다. 내 이미지에만 먹칠을 하고 상황은 끝났다.

이런 일은 시작에 불과했다. '문재인 지지자 황교익'은 온갖 곳에 불려 나와 난도질을 당했다. 내 모든 과거를 끄집어내어서 말 중에 토씨 하나라도 마음에 안 들면 트집을 잡았다. 날조와 왜곡으로 내 경력을 흠집 내었다. 나와 관련 있는 모든 단체와 기업, 기관에 전화를 하여 나를 내쫓아야 한다고 주장했다. 그들은 내가 이 지구에서 사라져주기를 바라는 듯했다.

그러든 말든 나는 문재인 지지 의사를 더 강하게 밀어붙였다. 그랬더니 "황교익이 뭔가 한자리를 바라고 저러는 것이다"라는 말까지 나돌았다. '속물 황교익'으로 몰고 가자는 뜻이었다. 그래서 내가 나서 일을 꾸미는 일은 아예 없었다. 일을 준다고 해도 조심스러웠다. 문재인 지지와 내 일이 엉키지 않게 했다. 그랬더니, 서서히 일이 줄기 시작했다. 가족, 친구, 선후배가 걱정했던 것이 현실로 나타났다. 유명인이 정치적 의견을 표명하게 되면 당하게 되는 불이익이 이 책을 쓰고 있는 지금도 계속되고 있다.

후회는 없다. 이럴 것임을 알고도 내린 결정이기 때문이다. 문재인 대통령이 임기를 다하여 퇴임한 이후에도 나는 여전히 문재인 지지자로 남을 것이다. 물론 문재인 대통령이 법적·윤리적 문제를 일으킨 것이 확인되면 그때에는 지지를 멈출 것이다. 자신의 유불리에 따라 지지를 했다가 말았다가 하는 것은 인간으로서 양심이 없는 짓이다.

이름을 얻는다는 것은 영향력을 얻는다는 것이다. 황교익이 유명하다는 것은 황교익이라는 브랜드가 영향력을 가지고 있다는 뜻이다. 황교익은 황교익이라는 브랜드를 관리하는 입장에 있다. 내가 나의 쓰임을 결정한다. 내가 나의 존재 이유를 결정한다. 사람들이 원하는 방향으로 나를 맞출 필요는 없다. 물론 그렇게 살아도 되지만 꼭 그럴 필요는 없다는 뜻이다. 인생에 길이 있는 것이 아니다. 각자의 인생은 자신의 신념으로 창조하는 것이다.

여전히 까칠할 것이다

나는 까칠한 인간이다. 글도 까칠하고 방송에서 하는 말도 까칠하다. 정부이든 학자이든 언론이든 고의적으로 날조와 왜곡을 하면 나는 참지 못한다. 반드시 지적을 하고 바로잡을 것은 바로잡는다. 연예오락 프로그램도 그냥 보아 넘기지 못한다. 대중에게 큰 영향을 미치기 때문이다.

외식사업가가 방송에서 음식에다 종이컵으로 설탕을 들이부으며 "괜찮아요" 하는 것도 나는 참지 못했다. 그의 팬들이 나를 욕했지만 어떻든 내 지적 이후 그는 방송에서 더 이상 그러지 않는다. 그러면 된 것이다. 그가 막걸리 12종을 놓고 블라인드 테스트를 하며 마치 그 막걸리들을 다 알아맞힌 듯이 방송되어 언론들이 "막걸리도 척척박사"라고 보도하는 것도 나는 참지 못했다. 인간은 막걸리를 맛보고 그 상표를 척척 알아맞히지 못한다. 내 지적 이후 그는 3종의 막걸리를 맞힌 것으로 방송 자막을 수정했다. 그의 팬들은 몰려다니며 내 욕을 했으나 나는 괜찮다. 바로잡혔으면 된 것이다.

불고기가 일본어 야키니쿠燒肉의 번안어일 수 있다고

하자 이를 조작하여 "황교익이 불고기가 야키니쿠에서 왔다고 했다"는 말을 퍼뜨렸다. 그래도 괜찮다. 불고기가 평안도 지역의 사투리라고 주장했던 국어학자들의 주장이 근거 없음을 확인할 수 있는 문헌을 내가 내놓았고, 이후에 국어학자들은 내 주장에 반박을 못 하고 있다. 국립국어원은 불고기의 어원에 대해 "모른다"고 했다. '불고기 평안도 사투리 설'은 힘을 잃었고 '불고기 야키니쿠 번안설'은 일리를 얻었다. 그러면 된 것이다.

외국은 3kg 내외의 닭으로 튀기는데 한국은 1.5kg의 닭으로 튀겨서 "치킨이 맛없다"고 했더니 반발이 엄청났다. 넉넉지 않은 주머니 탓에 그나마 맛있게 먹고 있는 치킨을 왜 맛없다고 하느냐는 것이다. 오해할 수 있다. 그래도 괜찮다. 외국처럼 3kg짜리 닭으로 치킨을 튀기면 맛도 있고 가격도 싸진다. 내 주장은 농촌진흥청의 과학적 자료를 근거로 하며, 농정 당국의 정책 방향이기도 하다. 소란스러워도 치킨은 바뀌게 되어 있다. 내 역할은 그 시간을 단축하는 것이다. 그러면 된 것이다.

떡볶이는 맛없다고 하면서 떡볶이 광고를 했다고 공격을 했다. 한 식당에 떡볶이를 들고 있는 사진을 붙인 것인데, 이를 두고 하는 말이었다. 그 식당은 튀김 전문점이고 떡볶이도 팔고 있다. 식당 주인이 내게 사진을 찍어주면 일정 액수를 결식아동 돕기 성금으로 내겠다고 하여 찍어준 사진이다. 말썽이 일자 MBC에서 그 식당이 결식아동 돕기 성금을 낸 자료를 방송하기도 했다. 결식아동들에게 작은 도움이라도 되었으면, 그러면 된 것이다.

그 외에도 '까칠한 황교익'은 온갖 것에 등장한다. 문재인 지지 이후 내 말과 글을 날조하고 왜곡한 것은 산더미 같다. 그래도 괜찮다. 그 날조와 왜곡에도 내 말에 귀를 기울이는 사람들이 늘고 있다. 천일염 전쟁을 치를 때를 생각하면 오히려 사정이 크게 좋아졌다고 볼 수 있다. 내가 욕을 먹는 것이 중요한 것이 아니라 내가 원하는 바를 얻어내는 것이 중요하다. 맛칼럼니스트로서의 존재 이유에 충실하면 된다.

독자는 내게 이렇게 물을 것이다.

"이렇게 까칠하게 굴어도 사람들이 일을 주나요?"

준다. 구설에 오른다고 절대 굶어 죽지 않는다. 무엇이 진실인지 아는 사람들이 의외로 많다. 날조와 왜곡이 판을 쳐도 여기에 휘둘리지 않는 사람들이 독자 여러분들이 생각하는 것보다 훨씬 많다. 세상은 상식을 가진 사람들에 의해 굴러간다. 진정으로 우리가 두려워할 것은 상식이지 거짓이 아니다.

'까칠한 황교익'이라는 브랜드는 내가 의도한 것은 아니다. 일을 하다 보니 그렇게 된 것이다. '행복한 황교익' '친절한 황교익' '즐거운 황교익'이었으면 지금보다 편안했을 것이라는 생각을 하지 않는 것은 아니다. 그럼에도 나는 '까칠한 황교익'에 만족한다. 적어도 비겁하게 살지 않음을 '까칠한 황교익'이라는 자연발생적 브랜드가 증명해주고 있다.

인생은 겁내면 진다. 타인들에게 인정받지 못할 것이라는 두려움은 여러분을 비겁하게 만들 수 있다. "좋은 게 좋은 거야" "모난 돌이 정 맞는다" 하며 적당히 두리뭉실 타인의 마음을 사려고 하다가는 자신도 잃는다. 타인의 눈치나 보면서 한평생을 보낼 것인가. 인생은 순식간에 지나간다. 지금 당장 결정해야 한다. 손에 쥐고 있는 그 바위는 별것 아니다. 손을 놓으라 할 때 손을 놓아야 한다. 그래야 물 위를 떠다니며 산뜻한 바람도 맞고 햇볕도 쬐다가 바다에 이를 수 있다.

세상은 공정하지 않다

어떻게 먹고살 것인가 하는 주제를 내 삶의 연대기에 맞추어 기술했다. 써놓고 나니 독자 여러분이 보는 바와 같이 어디에 내놓을 만한 잘난 삶이 아니다. 맨주먹에 보통 머리로 살아남으려고 좌충우돌했던 삶이다. 누구의 삶이 이렇지 않겠는가. 평탄한 삶을 나는 들어본 적이 없다.

청년의 고민을 듣는다. 안정된 직장을 구하기가 힘들다. 집값이 뛰어 내 집 마련은 꿈도 꾸지 못한다. 부동산, 비트코인, 주식 등으로 한 방을 노려야 하는 세상이라고 청년은 말한다. 내가 보기에는 도박이다. 자신의 의지와

무관한 시장 조건에 의해 돈을 벌거나 잃는 것이니 도박이다. 운이 좋아 돈을 벌면 다행인데, 도박판에 돈을 잃는 사람이 더 많다는 것은 청년 여러분도 잘 알 것이다.

지금의 청년은 부모 세대보다 못한 삶을 살 것이라는 전망을 본다. 나는 절대 빈곤의 시대 끝자락에서 태어났다. 청년 여러분의 삶이 그 시절보다는 못하지 않을 것이다. 한국 경제가 마이너스이지는 않다. 한국 전체로 보아서는 국민 모두의 경제 사정이 나아져야 한다. 문제는 부의 분배이다. 공정이 화두가 될 수밖에 없다.

나도 공정한 세상을 꿈꾼다. 인류 역사를 보면, 공정했던 적이 단 한 번도 없다. 권력과 돈은 한쪽으로 몰리게 되어 있다. 권력과 돈을 쥔 자들이 이를 자발적으로 내놓을 리가 만무하다. 어떤 식으로든 대를 물린다. 이건 인간의 동물적 본능이다. 가끔은 자신의 전 재산을 사회에 기부하는 등 의외의 행동을 하는 사람이 등장하나 대세를 바꿀 만한 것은 아니다. 우리는 앞으로도 공정하지 않은 세상에 살아야 하며, 공정은 인류의 영원한 화두로 주장될 것이다.

2019년 한국보건사회연구원의 조사에 따르면 "인생에

서 성공하는 데 부유한 집안이 중요하다"는 말에 동의한 비율이 80.8%이고, "한국에서 높은 지위에 오르려면 부패할 수밖에 없다"는 말에 동의한 비율은 66.2%였다. 내 생각도 다르지 않다. 60년을 살면서 이 꼴을 보아왔다. 물론 자수성가하는 사람도 있고, 정직하게 자신의 능력으로 높은 지위에 오른 사람도 있다. 이들은 극소수이다. 이들을 보고 본받으라고 하는 것은 맨주먹에 보통 머리를 가진 이들에게는 무리이다. 헛된 꿈을 꾸게 하여 최종에는 좌절감만 안길 뿐이다.

"거지도 미제 깡통을 들어야 동냥을 많이 해."

어머니가 버릇처럼 하는 말이었다. 나는 곁에서 늘 딴지를 놓았다.

"에이, 그렇지는 않아요. 열심히 돌아다니는 거지가 동냥을 더 많이 해요."

어머니가 말한 '미제 깡통'은 타인에게 내세울 만한 돈, 권력, 학벌을 뜻했다. 독자 여러분에게 미제 깡통은 있는가. 부모가 부자인가. 집안에 '사' 자 돌림의 권력자라도 있는가. 학벌은 좋은가. 미제 깡통이 없다면 불공정은 독자 여러분의 운명이다.

공정한 세상을 위해 노력하는 일을 멈추자는 것이 아니다. 이는 인류 공통의 과제이다. 예수가 했고, 마르크스가 했고, 전봉준이 했고, 체 게바라가 했듯이 우리도 공정한 세상을 위해 뭔가를 해야 한다. 다만, 당장 내 앞에 존재하는 불공정의 운명은 운명대로 받아들여야 한다. 피할 수 없는 운명이면 이를 즐겨야 한다. 불공정을 비웃으며 놀아야 한다. 놀다가 깨져도 된다. 세상이 원래 그러니 져도 진 것이 아니다.

자신의 삶을 위해 노력을 하라는 어른의 말을 청년은 '노오력'으로 받는다. 해봤자 안 된다는 열패의식의 표현이다. 노력의 결과를 어느 선에서 만족하느냐 하는 문제일 수도 있다. 독자 여러분은 어떤가. 수천억 원의 재산을 가진 부자이고 싶은가. 고위직 인사가 되고 싶은가. 셀럽이 되고 싶은가. 독자 여러분이 초등학생일 때에는 어떤 꿈을 꾸었는가. 무엇이 성공한 삶인가.

인생을 흔히 마라톤에 비유한다. 쉬지 않고 험한 길을 뛰어야 하니 적절한 비유일 수 있다. 인생이 마라톤과 다른 게 있다. 인생에는 피니시 라인이 없다. 죽는 것은 죽는 것이지 피니시 라인이 아니다. 죽을 때까지 그냥 뛰는

것이 인생 마라톤이다. 언제 죽을지도 모른다. 그러니 피
니시 라인을 통과하는 최종의 나를 상상하는 것은 바르
지 않다. 마지막에 내가 이룰 꿈은 헛되다. 현재에 뛰고
있는 나에게 집중해야 한다. 당장에 내가 잘하는 것, 내가
즐기는 것, 내가 하고 싶은 것에 더 많은 관심을 두어야
한다.

여러분이나 나나 어쩌다가 이 대한민국에 태어났다. 우
리가 살고 있는 이 땅과 이 시대는 우리의 의지로 선택한
것이 아니다. 나는 태어나고 보니 전쟁이 끝난 지 얼마 되
지 않아 모두가 빈곤했던 시대가 주어졌고, 여러분은 태
어나보니 절대 빈곤의 시대는 지났는데 부의 분배가 극
심한 시대가 주어졌다. 각자 주어진 시대에 맞추어 살 수
밖에 없다. 시대가 달라도 여러분이나 나나 인생 마라톤
을 뛰어야 하는 것은 똑같다. 먼저 뛰어본 내가 잠시 멈
추어 서서 뒤를 돌아보며 경험담을 여러분에게 들려주고
있는 셈이다.

내가 뛰었던 인생 마라톤의 경험을 정리하면 이렇다.

첫째, 불공정한 세상은 운명이다. 운명을 탓하지 말고 이를 비웃으며 놀아라.

둘째, 인생 마라톤에 피니시 라인은 없다. 지금 내딛는 한 발짝에 집중하라.

셋째, 자신의 인생을 겁내지 마라.

6장
어떻게
먹고살
것인가

'미래에 나는 이럴 것이다'라는 생각은 부질없다. 미래에 무슨 일이 닥칠지 아무도 모른다. 지금 당장이 중요하다.

바다로 간 이끼

인간이 원시부족사회에서 살 때도 부의 분배는 공정하지 않았다. 그러나 빈부의 차이는 크지 않았다. 생산성이 떨어져 나누어 가질 부족 전체 부의 규모가 크지 않았기 때문이다. 족장은 조금 큰 창에 깃털 몇 개 더 가졌을 뿐이다. 1만 년 전 농업혁명 이후 작물 재배 논밭이 부의 기준이 되었고 부의 집중이 일어나기 시작했다. 산업혁명은 여기에 기름을 부었다. '세계적 부자'가 탄생했고, 그 반대편에 대규모의 상대적 빈자가 등장했다. 기술의 발달은 부의 불균등한 분배를 강화하고 있으며 4차 산업혁명이라는 것도 그 흐름 안에 있는 일이다.

언론은 첨단 기술에 올라타 막대한 부를 거머쥔 인간들을 수시로 보여주고 있다. 지구 인구의 0.00001%도 안 되는 인간들이다. 그들의 삶이 보통 인간의 꿈이어야 한다는 듯이 청년을 부추긴다. 그러나 대부분의 인간은 결코 그들처럼 되지 못한다. 헛된 꿈이다. 지구적 혁명이 일어나지 않는 한 고착화한 부의 분배 시스템을 뒤집지 못한다.

꿈은 현실적이어야 이루어진다. 물론 어쩌다가 기적 같은 일이 독자 여러분에게 벌어질 수도 있다. 그러나 그 기적은 꿈의 실현이 아니다. 기적은 기적일 뿐이다. 꿈을 가지되 기적을 바라면 안 된다. 실현 가능한 꿈이어야 그 꿈이 여러분의 삶에 가치를 부여한다.

나는 '전문적 글쟁이'라는 지극히 현실적인 꿈을 꾸었고 이를 실현하는 방법도 지극히 현실적이었다. 돈도 명예도 지위도 바라지 않았다. 내 직업으로 먹고살 만하면 된다고 여겼다. 비현실적인 꿈을 꾼 적이 없기 때문에 미련을 가질 것도 없고 불안할 것도 없다.

맨주먹에 보통 머리를 가진 이들이 나만 있었던 것은 아니다. 내 주변의 거의 모든 사람은 나와 같이 맨주먹에 보통 머리를 가지고 있었다. 그들은 각자가 자기의 삶을 살았고, 나는 내 삶을 살았다. 각각의 삶을 자세히 들여다보면 큰 차이가 발견되지 않을 것이다. 나락에 떨어지지 않으려고 다들 아둥바둥 버텼을 것이다. 그럼에도 황교익의 삶이 조금 달리 보이는 것은 대중이 황교익을 인지하고 있기 때문이다. 그러니 이런 책을 쓰고 있는 것이다.

이 책을 쓰며 자연스럽게 나 자신을 되돌아보게 되었

다. 어떤 대목에서는 눈물이 쏟아졌고 어떤 대목에서는 화가 났으며 어떤 대목에서는 크게 후회를 했다. 똑바로 걸었다고 생각했는데 뒤돌아 발자국을 보니 갈지자의 걸음이 선명하여 부끄럽다. 그럼에도 괜찮다 하고 깊은숨을 푹 쉬게 되는 것이, 그 어느 때에도 자존심을 팔지 않았다는 것 딱 하나는 건졌기 때문이다.

여러분이나 나나 별 차이가 없다. 내가 지금 가지고 있는 조그만 사회적 자산도 별것이 아니다. 나는 이를 손에 쥐고 버틸 생각이 없다. 날 선 정치적 발언을 하고 관련 업계와 언론계에 쓴소리를 할 수 있는 것도 내 손에 쥐어진 조그만 사회적 자산 따위를 지킬 생각이 없기 때문이다. 그 어떤 것도 나의 자존과 자유를 구속할 수는 없다.

인생은 그리 길지 않다. 화살처럼 지나간다. '미래에 나는 이럴 것이다'라는 생각은 부질없다. 미래에 무슨 일이 닥칠지 아무도 모른다. 지금 당장이 중요하다. "지금 나는 이렇다" 하고 살아야 한다. '거창한 나'를 그리지 말아야 한다. 지극히 현실적인 나를 끝없이 내 앞에다 끌어내어 마주 보게 해야 한다. 별것 없는 황교익에 만족하며 살아야 한다.

바위에서 손을 놓아 강물 위를 떠돌았던 이끼는 마지막
에 바다를 보았을까. 바닷가를 거닐다가 파도에 밀려오는
이끼를 발견하게 되면 발로 툭툭 차며 물어보시라. 왜 그
고생을 사서 했냐고. 바다 건너 뭉게구름이 대답해주려나.

황교익의 행복의 기술 1
욕망의 통제

경쟁에서 이긴 자가 많이 가지고, 많이 가진 자가 행복해
보인다. 자본주의 사회 이전에도 이랬다. 인간은 원래 이
정도밖에 안되는 동물이다. 행복해지려고 더 많이 가지겠
다고 용을 쓰다 보니 불행해진다고도 말한다. 법정 스님
은 그래서 '무소유'를 강조하며 불필요한 것은 갖지 않아
야 한다고 조언을 했다.

스님이야 아무 절에나 가면 먹여주고 재워준다. 발우
하나 달랑 들고 다니면 굶어 죽을 염려가 없다. 세속의 인
연을 끊었으니 부모 자식 걱정도 없다. 스님에게는 무소
유가 일상의 삶이다. 가족의 생계를 책임져야 하는 중생

에게 무소유는 지극히 어려운 일이다. 법정 스님은 종교인이고, 무소유를 종교적 경구로 입에 올렸을 뿐이다. 세속적 인간 황교익에게 법정 스님의 무소유는 먹히지 않는다.

그러면 중생은 무한 소유욕을 발휘하며 살아도 되는 것일까? 법과 윤리만 지키면 그렇게 살아도 된다. 다만, 그렇게 해서는 행복해지지 않을 것이다. 욕망은 욕망을 부른다. 욕망의 늪에 빠져 허우적거리다가 인생을 끝낼 것이다. 욕망을 멈추는 것은 실로 어렵다. 버리지 못할 것이면 안고 가야 할 것인데, 여기에 일정한 규칙을 정해놓을 필요가 있다. 과도한 욕망을 제어하기 위한 장치 같은 것이다.

나는 붕어 낚시꾼이다. 마음을 비우기 위해 낚시를 한다는 사람도 있으나, 말장난이다. 붕어 낚시꾼의 목표는 오직 붕어를 낚는 것에 있다. 붕어는 원래 인간에게 낚이기 위해 존재하는 생명체가 아니다. 인간이 낚는 재미를 붕어에 붙였을 뿐이다. 붕어에 낚이는 인간은 없다. 공정한 게임이 아니다. 이 일방적 게임에 인간의 탐욕을 제어하는 장치를 하나 두었다. 낚시꾼 전문 용어로 '정흡'이라는 것이다.

붕어는 미끼를 흡입한다. 이때 낚싯바늘도 함께 붕어 입안으로 들어가고 붕어가 뒤돌아서거나 위로 뜰 때 찌가 올라온다. 이 타이밍에 낚아채면 낚싯바늘이 붕어의 윗입술에 걸린다. 이 상태로 붕어가 올라오면 '정흡했다' 한다.

전통적 낚시꾼은 '정흡'을 한 붕어만 낚은 것으로 친다. 낚싯바늘이 아랫입술이나 입 밖에 걸려 있으면 붕어에게 미안함을 표시하고 바로 물속으로 돌려보낸다. 불공정한 일방적 게임에서 낚시꾼이 붕어에게 보이는 예의라고도 할 수 있으며, 붕어를 낚으려는 욕심을 마구잡이로 날뛰게 하지 않으려는 장치이기도 하다.

인간이면 누구든 더 많이 가지려는 욕망이 있다. 세속적 욕망을 부끄러워할 것은 아니다. 다만, 자신의 욕망을 제어하려면 '정흡한 것만 내 것이다'라는 원칙 같은 것이 필요하다. 치열한 경쟁은 불법과 비윤리를 불러올 수밖에 없고 더 많이 가지겠다고 남을 짓밟을 수도 있다. 거친 욕망에 허우적거리면 반드시 사고가 난다. 훌치기를 하다가 자기 몸에 낚싯바늘을 꽂는 낚시꾼을 수없이 본다. 내 능력 안에서 정직하게 얻은 것만 내 것으로 여기겠다고 마음을 먹으면 붕어 낚시는 정말이지 마음을 비우는 일이 되며, 이런 상태를 행복이라고 한다.

황교익의 행복의 기술 2
자유와 복종

자유란 자기가 하고 싶은 것을 할 수 있는 상태를 말한다. 自由(자유)는 그 어원이 어떠하든, 자유의 의미를 그 단어가 잘 담고 있다. 스스로 자自에 말미암을 유由. 스스로 말미암다. 자신이 한 말과 행동이 자신으로 말미암은 것이라는 뜻을 지니고 있다. 자유는 남에게 책임을 물을 수 없다. 자유인은 단독자로서의 주체이다. 노비 상태에서 벗어나 자유를 얻는다는 것은 곧 단독자로서의 주체를 확보하는 일이다.

　여러분은 자유가 좋은가. 자유는 인간의 천부적 권리이니 이를 마땅히 누려야 하는 것인가. 억압의 시대를 견디어내고 시민혁명으로 얻어낸 시대적 축복이니 이를 결코 포기하면 안 되는 것인가. 조선시대에 자진해서 노비 신분을 선택한 사람들은 자유의 가치를 몰랐던 것일까. 사르트르는 자유를 고통이라고 했다. 심하게는 저주라고도 했다. 자유가 주어진 인간은 이 우주에서 자기의 삶에 대해 책임질 수 있는 것은 오직 자기밖에 없기 때문이다. 단독자 자유인에게는 방황과 불안이 운명이다. 자유가 없으니 책임질 일도 없는 노비가 더 행복한 것은 아닐까.

자유는 타인에 의해 강제되지 못한다. "너는 자유로워야 해" 하지 못한다는 말이다. 대한민국이 자유민주주의 국가라고 해도 여러분의 자유는 얼마든지 포기될 수 있다. 자유를 어찌 포기하냐고 하겠지만, 실제로 우리는 수시로 자유를 포기하면서 산다. 자신이 책임질 일을 없애버리는 것, 그게 바로 자유를 포기하는 것이다.

독자 여러분은 여러분의 자유의지에 따라 인생의 모든 것을 결정했으며, 따라서 그 모든 것의 책임은 전적으로 자신에게 있음을 선언할 수 있는가. 남의 탓을 조금도 안 할 수 있는가. 신의 섭리 따위의 변명을 안 할 수 있는가. 이 망망한 우주에 나 홀로 당당히 설 수 있는가.

고백하건대, 나는 내 자유가 버겁다. 책임에 대한 부담 때문에 누가 옆에서 내 자유를 조금만 가져갔으면 좋겠다는 생각을 수시로 한다. 사르트르도 힘들어한 자유이다. 부끄러워할 일은 아니다.

자유를 포기할 수 없다면 나누면 된다. 내 자유를 뚝 떼어주어도 될 사람을 곁에 두면 된다. 친구도 좋고 연인도 좋고 배우자도 좋고 자식도 좋다. 그들도 자유가 버거운 것은 똑같다. 때때로 그들이 뚝 떼어줄 자유를 받으면 된다. 내 자유를 떼어주었으니 내 자유를 받은 그에게는 나는 노비이다. 상대의 자유를 받았으면 그는 나의 노비이다. 서로 복종을 해야 한다. 강제된 복종이 아니다. 자발적 복종이다. 시인 한용운은 이 자발적 복종을 행복이라고 했다.

남들은 자유를 사랑한다지마는, 나는 복종을 좋아하여요.
자유를 모르는 것은 아니지만, 당신에게는 복종만 하고 싶어요.
복종하고 싶은데 복종하는 것은 아름다운 자유보다도 달콤합니다. 그것이 나의 행복입니다.

한용운, 〈복종〉 중 일부.

자유인 사르트르도 자신의 삶을 혼자서 버티지 못했다. 보부아르가 있었다. 둘은 자유로웠고 행복했다. 보부아르는 사르트르가 곧 자신이라고까지 말했다. 사르트르가 글의 앞부분을 쓰면 보부아르가 마무리를 했을 정도이다. 둘은 서로에게 정신적으로 완벽하게 복종했다. 우리가 사르트르에게서 배울 것은 실존철학이 아니라 그의 삶 자체이다.

1인가구가 30%이다. 혼자 사는 삶에 익숙한 젊은이들이 많다. 연애도 결혼도 하지 않겠다고 한다. 친구도 자주 만나지 않는다. 이런 삶에 대해 걱정을 하는 사람들이 있고, 나도 한때 그랬다. 인류 역사에서 혼자 살겠다고 작정한 인간이 집단으로 나타난 것이 처음 있는 일이고 이들의 삶을 어떻게 해석해야 하는지 혼란스러웠기 때문이다.

인간은 혼자 살아도 얼마든지 행복해질 수 있다. 인간의 자유는 이 세상의 모든 것에다 뚝 떼어줄 수 있다. 애완동물, 자동차, 게임, 장난감, 옷, 음식, 돌멩이 등등에 자신의 자유를 주고 그것들에 복종을 하면 된다. 실제로 이렇게 사는 사람들이 수없이 많다. 이렇게라도 해서 행복을 얻을 수 있다면 괜찮은 삶이다. 불행하게 죽는 것보다, 불행하여 스스로 죽는 것보다 낫다. 행복은 기준이 정해진 것이 없다. 법과 윤리 안에서 어떤 식으로든 행복하면 된다.

황교익의 관계의 기술 1
상처와 바람

행복론에는 정답이 없다. 정답을 발견했으면 우리는 벌써 모두 행복할 것이고, '황교익의 행복해지는 법' 따위로 지면을 낭비할 필요가 없다. 수많은 사람이 이미 행복론을 설파한 바가 있고, 그 어떤 행복론이든 일리가 있다. 문제는 실천이 안된다는 것이다. 행복론의 필자와 독자의 사정이 서로 다른 것이 실천을 방해하는 한 요소이며, 인간의 기억력이 그다지 뛰어나지 못해 자신에게 유용한 행복론을 읽고도 금방 잊는다는 게 또 다른 방해 요소이다. 우리는 행복해지는 법에 대해 이미 많이 알고 있다. 그중에 단 하나라도 자신에게 맞는 방법을 찾아서 실행하는 것이 중요하다.

또 다른 문제가 있다. 나는 젊은이들과 어떻게 하면 행복해질 수 있는지 진지하게 말을 나눈 적이 여러 차례 있다. 나는 행복을 말하고 있는데 그들은 마음의 상처를 호소하고 있었다. 그들이 호소하는 마음의 상처를 치유하면 행복해지는 것일까 하면, 꼭 그런 것은 아니었다. 이 둘은 다른 문제였다. 당장에 행복한 일이 내 앞에 닥쳐도 마음의 상처는 여전히 존재하여 괴롭다는 것이다. 가령 이런 상태이다.

"1등을 했는데 말이에요, 친구와 싸웠어요."

"사업은 번창하지요. 아, 직원들이 문제예요."

"행복하지요. 그놈만 없으면 행복하지요."

'행복은 혼자서도 이룰 수 있는 정신적 상태이고, 외부에서 이를 방해하는 무엇이 존재한다'는 호소이다.

사람들이 호소하는 마음의 상처라는 것은 크게 두 종류이다. 먼저, 태생적인 상처가 있다. 신체의 문제, 가정의 문제에서 기인하는 상처이다. 이는 각자 평생을 안고 가야 하는 상처이다. 견디라는 말 외는 해줄 것이 없다. 나머지는 인간관계에서 오는 상처이다. 사람 사이에 상처가 있고, 이를 감당하지 못하여 비틀거린다. 나 역시 인간관계에서 받은 마음의 상처가 여럿이고 깊다. 누구든 그렇다. 그래서 오래전부터 내 마음의 상처를 들여다보는 일을 했었다.

인간이 태어나면서 제일 처음 하는 게 울음이다. 울음은 이 여린 생명체를 돌봐달라는 표현이다. 배고프다고, 기저귀 젖었다고, 잠을 잘 수 없다고, 혼자 있는 게 무섭다고 운다. 웃음은 울음의 원인이 사라졌을 때의 표현이다. 웃음은 주변에 널리 알릴 필요가 없다. 자신과 눈을 마주치는 사람에게나 웃어준다.

인간은 아무나 붙잡고 울지 않는다. 자신을 보살펴줄 것이라는 기대가 있어야 그를 의식하며 운다. 그래서 마음의 상처는 잘 아는 인간에게서 온다. 자신의 울음에 대응해주지 않으면 기대감은 배신감으로 바뀌고 마음의 상처를 입는다.

마음의 상처는 극히 개별적인 일이라 마음의 상처를 입는 사건이 발생해도 당사자 외는 이를 알아차리지 못한다. 긴 세월이 흐른 뒤에 자신의 상처를 고백하면 상처를 준 사람은 "그때 말을 하지" 하는 반응을 보일 뿐이다. 그러고는 이어서, 상처를 준 그가 자신의 상처를 고백한다.

"나도 너 때문에 이만큼 마음이 아팠어."

마음의 상처는 누구에게든 있으며 각자 자신의 상처를 부여안고 사느라 타인의 상처에 적절하게 공감할 여력이 없다.

　　마음의 상처를 입은 사람은 혼자 있으려고 한다. 사람에게서 받은 상처이므로 사람을 만나지 않으면 마음의 상처가 치유될 수 있을 것이라고 믿는다. 이때 골방에 갇히면 최악의 상황이 전개된다. 마음의 상처가 점점 커져서 삶 전체를 삼켜버릴 수 있다. 자신에게서 격리해야 하는 것은 자신에게 마음의 상처를 준 사람이어야지 마음의 상처를 받은 본인이 아니다.

　　마음을 알아야 마음의 상처를 고칠 수 있다. 여러분은 여러분의 마음을 아는가. 나는 모른다. 내 마음이 어디에서 왔고 어디로 가는지 나는 모르겠다. 내 마음이 선한지 악한지도 모르겠다. 나는 아직 나를 모른다. 다만, 내 마음에 가끔 바람을 쐬어주어야 한다는 정도만 알고 있다.

　　바람은 내 몸 밖의 마음이다. 어디서 불어와 어디로 향해 가는지 알 길이 없다. 바람은 빈 채로 세상을 스치듯 지나갈 뿐이니 상처가 없다. 바람의 마음 안에 서면 내 작은 마음의 상처는 투명하게 변하고 마침내 바람과 함께 사라진다.

마음의 상처를 치유하기 위해 마음을 바람이라 여기고 바람을 맞으라는 게 문학적 말장난은 아니다. 마음이란 원래 무정형이다. 여러분이 생각하는 대로 마음은 특정 성격을 가지게 된다. 마음이 바위라고 하면 바위가 되고, 바다라고 생각하면 바다가 된다. 여러분의 마음은 바위라고 여기고 "난 바람에 흔들리지 않아" 하며 마음의 상처를 견디어낼 수도 있다. 또, 여러분의 마음은 바다라고 여기고 "난 무엇이든 받아들일 수 있어" 하며 마음의 상처를 견디어낼 수도 있다. 바람은 나의 마음일 뿐이다. 여러분은 여러분의 마음을 찾으면 된다. 여러분의 마음은 바람이나 바위, 바다도 될 수 있고, 예수나 부처, 마호메트도 될 수 있다. 살갑고 때로 냉정한 고양이도 될 수 있다.

황교익의 관계의 기술 2
아군이 열이면 적군도 열이다

인간은 공격적인 동물은 아니다. 그 얇은 손톱과 이름만 송곳니인 이빨을 보라. 연약한 피부는 또 어떤가. 참 순하게 생긴 동물이다. 인간이 문명을 일구어온 과정을 보아도 그러하다. 역사에 등장하는 수많은 전쟁과 갈등은 인간의 공격적 특성에 의한 것이라기보다는 각 집단이 생존을 위해 취했던 방어적 행동의 결과물일 때가 많다.

인간은 타인에게 자신은 공격할 의사가 없음을 수시로 확인시켜준다. 처음 만나면 눈을 마주치며 악수를 하고 포옹을 한다. 고향과 취미를 물으며 서로 비슷한 처지에 있는 인간임을 확인하고, 함께 음식을 먹으며 동지 의식을 다진다. 인간은 겁도 많다. 그래서 매우 적극적인 방어 태세를 보인다. 자신의 삶을 평온하게 유지하는 데에 방해가 된다고 느끼는 상대를 밀어낸다.

인간의 방어는 본능이다. 약하고 겁 많은 존재라 작은 방어 행동에도 서로 놀라고 상처를 입어 아파한다. 자본주의 사회가 고도화하면서 인간관계는 더욱 잘게 부서지고 있다. 모두 두꺼운 갑옷을 입고 눈도 마주치려고 하지 않는다. 각자 자신의 상처를 핥느라 타인에게도 같은 상처가 있음을 인지하지 못한다. 누군가 가까이 다가오면 자신의 상처가 덧날까 봐 밀어내고, 밀려난 상대는 자신의 상처에 또 하나의 상처를 더하여 웅크린다. 만인이 만인에게 마음의 상처를 주는 사회이다.

방어벽을 치지 않고 주변의 모든 사람에게 호의를 보이는 방식으로 살아가는 이들이 있다. 이들은 마음의 상처를 덜 입지 않을까 싶지만 꼭 그렇지는 않다. 인간관계는 상호적이기 때문이다. 호의를 적의로 여기는 사람들이 얼마든지 있다. 이런 이들이 오히려 마음의 상처를 더 깊게 입기도 한다.

마음의 상처를 주고받지 않을 방법은 없다. 나만 잘하면 된다는 생각은 소용이 없다. 인간관계는 상호적이며, 내 마음도 잘 모르는데 상대의 마음을 우리가 얼마나 잘 알 수 있겠는가. 마음의 상처는 피할 수 없으니 이에 적응하는 힘을 키울 수밖에 없다.

세상에 처음 태어나 울기만 할 수 있을 때에는 주변의 모든 사람이 당신을 돌보아주었을 것이다. 방어 능력이 전혀 없는 존재이기 때문이다. 머리가 굵어지면 이런 대접을 받을 수 없다. 울어봤자 소용이 없다. 우는 것을 멈추어야 한다. 우는 상대를 만나면 잠시 위로를 해줄 수는 있지만 그 울음이 소용없음을 일러주어야 한다. 우리는 서로 마음의 상처를 주고받을 수밖에 없는 존재임을 깨닫게 해야 한다.

여러분에게 마음의 상처를 준 사람이 있으면 여러분은 그에게 가서 굳이 그럴 것이 없다는 말을 해볼 수는 있다. 그러나 큰 기대는 하지 말아야 한다. 여러분에게는 여러분의 사정이 있고 그에게는 그의 사정이 있다. 마음의 상처가 더 깊어지지 않게 적당한 선에서 멈추어야 한다. 그가 자신의 방어벽을 내릴 의사가 없으면 깨끗이 관계를 정리해야 한다. 이후에 그가 뒤에서 여러분의 욕을 한다고 해도 관계치 말아야 한다. 마음의 상처가 덧날 수 있기 때문이다.

세상은 여러분을 위해 존재하는 것이 아니다. 세상은 원래 있는 것이고, 우리는 이 세상에 맞추어 살아갈 뿐이다. 인간이 수수만 년 진화의 과정에서 확립한 생존 방식은, 당장에 뒤집는 것이 불가능하며, 그러니 어쩔 수 없이 적극적으로 받아들여야 한다. 여러분 주변의 모든 사람이 여러분의 아군이 될 가능성은 제로이다. 그들에게는 그들의 사정이 있기 때문이다. 여러분에게 적군이 생길 가능성은 100%이다. 아군이 열이면 적군도 열이다. 운명이다. 운명을 두려워하면 세상에 진다. 운명을 직시하고 살아야 한다.

황교익의 관계의 기술 3
상처를 치유하는 자신과의 대화

마음의 상처를 입는 그 시점에서는 누구든 대책이 없다. 인간의 뇌는 이기적이다. 제일 먼저 마음의 상처가 자신 탓에 발생한 것이 아님을 확인하려고 한다. 상대는 원망과 분노의 대상으로 변한다. 상대의 반응도 대체로 비슷하다. 이 상황에서 빨리 벗어나는 것이 좋은데, 우리의 뇌는 어리석어서 마음의 상처를 입는 그 순간의 일만 반복적으로 강화한다. "방어벽을 높이 세워라. 그래야 안전하다" 하고 뇌에서 사인을 보내는 것이다.

이때 내 마음을 내가 장악해야 한다. 원망과 분노를 바람에 날려야 한다. 쉬운 일은 아니다. 단번에 되는 것도 아니다. 뇌는 자꾸 그때의 일을 끄집어내어 원망과 분노를 강화하려고 할 것이기 때문이다. 안되면 누군가를 붙잡고 펑펑 울어도 된다. 이유를 설명하지 말고 울기만 해도 원망과 분노는 줄어든다. 원망과 분노의 상황이 해소된 것으로 뇌가 착각하게 만드는 것이다. 억지로라도 계속 웃으면 뇌에서는 엔도르핀이 터진다. 뇌는 통제가 가능하다.

한 호흡을 거치고 난 다음에는 책을 읽어야 한다. 어떤 책이든 괜찮다. 책에는 타인의 생각이 정리되어 있다. 인생이 어떻고 세상이 어떻고 주절주절 쓰여 있다. 인간은 글을 쓰며 본능적으로 자신만의 관념을 흩뿌려놓게 되어 있다. 심지어 기술 전문 서적에서도 그와 같은 구절을 발견할 수 있을 것이다. 그러면, 책을 읽으며 저자의 관념을 머리에 담게 되는가 하면, 전혀 그렇지가 않다. 책을 읽으며 자신의 관념을 본다. 그것도 지독히 집중하여 본다.

독자 여러분은 지금 황교익의 책을 읽고 있다. 그런데, 지금 여러분의 머릿속은 어떤가. 황교익의 관념에 집중해 있는가, 아니면 독자 여러분 자신의 관념에 집중해 있는가. 앞서 "마음의 상처를 입는 그 시점에서는 누구든 대책이 없다"는 문장을 읽을 때 황교익이 마음의 상처를 입고 어쩔 줄을 몰라 하는 장면을 떠올렸는가, 아니면 여러분이 마음의 상처를 입고 어쩔 줄 몰라 했던 그때의 마음을 머릿속에 그렸는가.

책을 읽는 일은 저자와의 대화가 아니라 독자 여러분 자신과의 대화이다. 저자는 글을 쓰는 과정에서 자신과 대화를 한다. 이 글을 쓰고 있는 나는 나와 대화하는 중이다. 글이 책으로 완성되어 독자 여러분 앞에 놓이면 책은 더 이상 저자의 것이 아니다. 독자의 것이다. 저자가 책을 쓰며 자신과 대화를 했듯이 여러분이 책을 읽으며 자신과 대화를 하도록 유도하는 도구가 책이다.

자신과 대화하는 방법이 책 읽기만 있는 것은 아니다. 음악과 미술, 영화도 가능하다. 사색과 명상도 좋은 방법이다. 내가 책 읽기를 권하는 것은, 나는 책 읽기를 통해 나 자신과 대화하는 방법에 익숙하기 때문이다. 음악 애호가는 음악을 들으라 할 것이고 미술 애호가는 미술관으로 가라 할 수도 있다. 어떠하든, 나는 자신과의 대화

방법으로 책 읽기를 권한다.

독자 여러분이 자신과의 대화에서 무엇을 얻어낼 수 있을지는 나는 모른다. 사정이 다 다르기 때문이다. 나의 경우를 대충 정리하면 이렇다.

"그래, 다들 이 세상에서 인간으로 사는 게 처음이지. 나만 힘든 게 아냐. 나에게 마음의 상처를 준 그들도 얼마나 힘들겠어. 우리 죽을 때까지 잘 버텨보자고."

독자 여러분이 내 책을 읽으며 집중했던 자신과의 대화에서 무엇 하나 얻어내었으면 다행이라 여긴다.

자신과 대화를 나누는 일은 의식 바깥의 일이다. 나와 대화하는 나를 의식하지 못한다. 이 대화를 끝내고 나면 자아의 부피가 커진다. 독서에 푹 빠졌다가 고개를 들어 창밖을 보면 뭔가 뿌듯함이 느껴지는 이유이다. 명상 뒤에 얻어지는 우주와의 합일 정도까지는 바라지 않더라도 부피를 키운 자아는 나를 괴롭혔던 마음의 상처가 결국은 자아의 부피를 키우는 데 자양분을 공급했음을 알게 된다.

어떻게 먹고살 것인지에 대한 정리 답안

"왜 사서 고생하세요. 그냥 편안하게 살아도 되잖아요."

전문 영역에서 자리를 차지하여 이름을 얻었으니 조용히 '예쁜 소리'나 하며 사는 것이 행복이라 여기는 사람들이 내게 하는 조언이다. 세상이 하도 거칠어 나를 염려하는 말임을 잘 알고 있다. 어릴 때부터 늘 들어왔던 "모난 돌이 정 맞는다" "나서지 마라. 너만 피곤하다" "계란으로 바위 치기다"는 '한국형 생존 철학'의 연장선에 있는 말이다. 일리가 없는 것은 아니다. 이렇게 살아도 된다. 그러나 나는 그렇게 살지 않았고, 앞으로도 그렇게 살 생각은 없다. 조언은 고맙지만, 내 인생이다.

돌아보니, 내 인생이 평범하지는 않다. 남이 가지 않은 길을 굳이 갔다는 것이, 가시밭길임을 알고도 걸어 들어갔다는 것이 특이한 일인 듯 보이기는 할 것이다. 다르다고 틀린 것은 아니다. 힘들다고 행복하지 않은 것은 아니다. 깨어진 인생이라도 아름다운 인생이 아닌 것은 아니다. 모든 인간이 붕어빵처럼 일정한 규격에 따라 꾹꾹 찍힌 모범적 인생으로 살아야 하는 것도 아니다. 인생은 길을 찾아가는 것이 아니다. 내가 창조하는 것이다.

살다 보니 내 인생에도 규칙 같은 것이 있음을 알게 되었다. 이 세상에 이미 존재하였던 규칙 중에 내가 선발한 것도 있고 나의 반복적 행태에서 발견한 규칙도 있다. "너 왜 그렇게 사니?" 하고 누군가 내게 물었을 때 내 인생의 의미를 변명하기 위한 규칙이기도 하다. 이 규칙은 틈틈이 말로 했던 것인데, 이 책의 독자를 위해 문자화를 시도했다.

정리하니, 10계명이다. '황교익의 10계명'이 여러분을 부와 명예와 권력의 길로 안내해주지는 않을 것이다. 다만, 여러분이 나락으로 떨어지지 않고 인간으로서의 존엄을 유지하며 사는 데에는 도움을 줄 것이다. 궁극적으로, 이 10계명은 참고만 하고 자신만의 규칙, 자신만의 인생을 창조해내길 바란다.

하나, 세상은 불공정하다. 운명으로 받아들여야 한다. 깨부수지 못하면 탓하지 마라.

공정 세상을 혁명으로 얻자면 그 혁명을 따르겠다. 혁명하지 못한다고 타박하지는 않겠다. 타박만 하고 살기에는 인생이 너무 짧다. 자신에게 주어진 불공정을 기꺼이 받아 삼키며 나아갈 수밖에 없다.

둘, 미래에 각광받을 직업은 피하라. 이미 늦었다. 아무도 거론하지 않는 직업을 찾으라.

언론이 미래의 직업으로 거론하면 이미 그 직업을 향해 뛰는 사람들이 수수만 명 있다고 봐야 한다. 30년 전 맛칼럼니스트라는 직업은 그 어떤 언론도 언급하지 않았다.

셋, 부모, 자식, 친구, 연인이 반대하면 그 길이 맞다. 그 길로 가라.

부모, 자식, 친구, 연인은 당신의 안위부터 걱정한다. 그러니 당신의 진로에 대해 보수적 태도를 보일 수밖에 없다. 그들이 당신에게 귀중한 사람이기는 하나 당신의 인생을 책임지는 위치에 있지 않다.

넷, 내 손에 쥔 것은 원래 내 것이 아니다. 집착하지 마라. 손을 놓으라.

물질적·사회적 자산이란 살다 보면 어쩌다 얻어지기

도 하고 잃기도 하는 인생의 부산물일 뿐이다. 물론 인간이 품위를 잃지 않을 정도의 물질적·사회적 자산이 필요하긴 하다. 그 자산을 확보하느라 인간의 품위를 잃는 것은 아닌지 늘 경계해야 한다.

다섯, 10년 동안 한 가지에 몰두하라. 실패해도 아쉬울 것 없다. 그 경험이 새 길을 열어준다.

의외로 10년 동안 한 가지의 일에 집중하는 사람이 많지 않다. 조급하기 때문인데, 그래서는 아무것도 얻지 못한다. 10년을 집중하면 반드시 얻는 것이 있다. 직업적 굳은살이라도 붙는다.

여섯, 글쟁이가 되려면 '가갸거겨'부터 배우라. 식당을 하려면 청소부터 익히라. 뿌리가 없으면 꽃도 열매도 없이 말라 죽는다.

노동은 학교 공부의 연장선에 있지 않다. 노동 현장에서 직업적 기반을 다져야 하는데, 이는 반복적 노동으로 얻어진다. 선배들을 무작정 믿으면 안 된다. 스스로 과업을 설정하여 노동의 근력을 키워야 한다.

일곱, 우군이 열이면 적군도 열이다. 만인에게 사랑받으려고 하지 마라. 자존을 지켜라.

사람과 사람 사이에는 반드시 상처가 있다. 그 상처에 연연해서는 아무 일도 못 한다. 자신이 잘못했으면 사과는 하되 비굴해질 필요는 없다. 상대가 잘못했음에도 사과하지 않는다고 따지지도 말라. 오해를 오해 그대로 둔다고 세상은 망하지 않는다.

여덟, 눈앞의 이익을 위해 자신의 존재 이유를 배반하지 말라. 신념을 지켜라.

직업적 소신과 양심은 어떠한 경우에도 지켜야 한다. 자존의 문제에 '사소하고 비밀스러운 것'은 없다. 나중에 다 드러나게 되어 있다. 최종에 반드시 "당신은 신념을 지켰느냐"고 묻는 사람이 나타나게 되어 있다.

아홉, 부당하면 싸우라. 져도 된다. 크게 싸우고 당당하게 져라. 그래야 다음에 이긴다.

비굴한 자는 확실히 이길 싸움만 한다. 용감한 자는 자신이 질 것을 알면서도 싸움을 피하지 않는다. 이길 자리에 가서 싸우지 말고, 질 자리에 가서 싸우라.

열, 행복은 미래에 쟁취할 성과가 아니다. 불행은 행복한 상태를 모른다는 뜻이다. 당신은 살아 있는가. 그러면 행복한 상태이다.

인생은 사사로운 것이다. 크게 의미를 부여할 것은 없다. 이 글을 쓰고 있는 2021년 5월 5일 오후 6시 30분 현재 이 지구에 살고 있는 사람이 78억 7,496만 5,732명이다. 나나 여러분은 그중의 하나이다. 이 글을 읽고 있는가. 살아 있어 다행이다.

에필로그: 어떻게든 먹고는 산다

현재 대한민국에 살고 있는 사람들을 기준으로 하면 나는 기성세대이다. 20~30대보다 삶의 조건이 좋았다고 평가를 받는 '86세대'이다. 86세대가 청년일 때에도 취직 걱정, 내 집 마련 걱정이 덜했던 것 아니나 객관적으로 보면 지금의 형편보다는 나았다. 1980년대 고도성장의 혜택을 받았다. 일자리는 넉넉했고 집값이 쌌다. 한국전쟁을 치른 내 바로 앞 세대는 절망적이게 가난했고, 그에 비하면 재벌급으로 산다. 2021년을 기준점으로 잡으면 지금의 20~30대는 그 어버이인 기성세대보다 못살 수도 있다는 말이 있다. 경제 성장이 둔화된 탓이다. 예측이지 실제로 그럴지는 모르는 일이다.

1980년대 대학진학률은 30%였다. 당시에 대학을 가려면 실력보다는 돈이 있어야 했다. 서울의 좋은 대학에 갈 수 있는 실력인데도 장학금을 받기 위해 지방대에 간 친구도 있다. 도저히 대학 갈 실력이 아닌데도 명문대에 갈 수도 있었다. 돈이면 가능했다. 불공정하기로 따지면 그때에도 만만치 않았다. 2000년대 이후 대학진학률은 80%이다. 경제적으로 힘들다고 하지만 교육의 기회는 86세대에 비해 넉넉하게 주어지고 있다. 대졸자가 많으니 똑같은 대졸임에도 사회적 대접이 예전만 못하다. 옛날에는 대학만 나오면 취직은 어렵지 않았는데 요즘은 대학을 나와도 취직하기 어렵다는 것은 학력 인플레에 따른 착시가 일부 작용한 결과이다.

86세대는 곧 한국 주류 세력에서 물러나게 된다. 세대 경쟁에 의한 기득권의 변동이 아니다. 나이가 들어 자연스럽게 사라지는 것이다. 30년이면 86세대는 완전히 사라진다. 그때이면 기득권은 지금의 20~30대 차지이다. 20~30대가 사회 주류 세력으로 자리를 차지하는 과정에서 86세대가 그러했듯이 자신들의 주도로 사회 시스템을 만들어낼 것이다. 그리고 지금의 20~30대의 자식 세대가 지금의 20~30대가 차지한 기득권에 대해 문제를 제기할 것이다.

세대 갈등은 인류 역사의 필연이다. 겉으로는 정치적, 경제적 갈등으로 보이지만 갈등의 내적 동인으로 보면 생물학적 현상일 뿐이다. 따라서 어떻게 먹고살 것인가 하는 세속적 고민을 할 때는 세대 갈등에서 비롯하는 담론은 큰 의미가 없다. 모든 세대를 관통하는 세속적 고민에 따른 처세술이 우리에게 필요하고, 나는 이 책을 쓰면서 내가 했던 여러 처세를 근거로 세대를 뛰어넘는 보편적 처세술이 논리적으로 전개되도록 노력했다. 그러나, 내가 의식하지 못한 86세대의 시각이 이 책 곳곳에서 발견될 수도 있을 것인데, 황교익의 생물학적 한계에서 온 것이라 여기고 너그럽게 넘겨주면 더없이 고맙겠다.

대학을 졸업하고 진로 문제로 고민을 할 때였다. 외할머니가 서울로 구경을 왔다. 외할머니는 세상 구경은 다 했는데 천안 독립기념관을 못 보았다고 했다. 독립기념관을 개관한 지 얼마 되지 않았을 때였다. 하루 날을 잡아서 외할머니와 어머니를 모시고 갔다. 강남터미널까지 가서 버스를 탔다. 독립기념관을 다 돌고 버스를 기다리며 시장 안에서 통닭을 먹었다. 외할머니는 내가 어떤 처지에 있는지 짐작하고 계신 듯했다. 통닭을 앞에 두고 무심히 말씀하셨다.

"어떻게든 먹고살게 되어 있다. 너무 애쓰지 마라."

얼마 안 있어 외할머니는 돌아가셨다.

외할머니의 삶은 고되고 거칠었다. 외할아버지가 일찍 돌아가셔서 외할머니가 식솔을 거두어 먹여야 했다. 노동은 버릇이 되었고, 외할머니는 늙어서도 온갖 일을 하셨다. 손은 항상 물에 불어 있는 것처럼 보였다. 그 고생을 빤히 아는 외손자에게 마지막으로 한 말이 "어떻게든 먹고살게 되어 있다. 너무 애쓰지 마라"였다.

걱정이 가득한 인생이다. 성적 걱정, 취직 걱정, 집 마련 걱정, 주식 걱정, 노후 걱정. 하루라도 걱정이 없는 날이 없다. 오랜만에 친구들을 만난들 각자 걱정을 풀어놓아 남의 걱정까지 안고 온다. 오랜만에 핸드폰 화면에 뜬 친인척 전화번호에서 걱정거리를 짐작하고, 늦은 밤 경제 뉴스를 보며 옛 동료의 사업을 걱정한다. 그 걱정들이 당장 내 삶에 직접적인 영향을 주는 것들에 대한 걱정인지는 따지지도 않고, 걱정을 한다. 걱정할 것이 아닌데도 걱정을 하여 걱정이다.

그 모든 걱정이 걱정으로 끝난다는 것을 우리는 경험으로 잘 안다. 어쩌다가 걱정거리 하나가 없어지면 그 자리에 또 다른 걱정거리 하나가 채워짐도 우리는 경험으로 잘 안다. 그래서 아예 걱정거리 자체를 만들지 않으려고 도시를 떠나는 이들이 있다. 그렇게 하지 못하면 〈나는 자연인이다〉를 보며 대리만족이라도 얻는다.

나는 한국 사회가 긍정적으로 변화할 것이라고는 보지

않는다. 빈부의 격차는 더 심해질 것이다. 불공정한 게임도 지속될 것이다. 4차 산업혁명은 극소수의 세계적 부자를 탄생시킬 것이나 그 외의 사람들은 그냥저냥 살 것이다. 크게 성공하는 꿈을 꿀 수는 있다. 다만 자신의 꿈에 치이지는 말아야 한다. 꿈이 크면 걱정도 크다. 그렇게 해서 행복해지기는 어렵다. 어떻게든 먹고는 산다. **너무 애쓰지 마시라.**